思齐学步集

房家慧 著

作家出版社

序：把生活过得跟古体诗一样

曾高飞

我写过很多文体的作品，现代诗、散文、小说、剧本、书评和财经观察，都有所涉猎。写作之余，做些阅读功课，从古今中外的优秀同行那儿汲取养料也是理所当然的。

而让我感觉最有味道、最受教益的，是那些经过岁月淘洗、沉淀下来的古体诗。

古体诗短小精悍、朗朗上口，有意境、有哲理、有感情，易读好记，让时间沉淀得有价值，让阅读收获更满足。

两年前，工作忙，应酬多，很多时间都奔波在路上。很希望用文字把这些碎片化时间连缀起来，于是想到了古体诗，并且着了迷，突发奇想：既然古体诗可以载道，那么易于流传，那为什么不写写，把碎片化时间充实起来呢！

于是开始写五言、七言，尤其在上下班的地铁上，想到了，用手机记下来；自以为不错的，就在朋友圈晒晒。

没想到一石激起千层浪，居然引起了很多朋友共鸣。有人赞，有人贬，赞的是内容，贬的是音韵——这个确实让人头疼，毕竟没有经过严格的音韵训练。也有很多朋友把他的作品发过来，跟我交流探讨。

就这样，结识了房家慧。他是我大学师兄，在此之前，我们就认识，他做企业，我做财经写作，专门研究企业、企业家，只是没想到他还是古体诗写作高手（他一直不同意我用这个词来形容他的古体诗写作）。于是，彼此重新认识，话题因此更宽广，感情更深厚，两颗心也就更贴近了。

家慧兄睿智、儒雅、低调，他做企业管理很成功。以前，我们的共同语言，局限于财经，我码文字、他阅读，彼此开诚布公地谈看法、谈发展、谈问题，相得益彰。自从我写古体诗，且知道他也写古体诗后，话题自然就转移了，不仅谈财经，也改谈古体诗了。毕竟在财经上，他是实践派，身体力行；我是理论派，纸上谈兵。两人相去甚远，虽投缘，在心里也都有自己的想法，谁都不服谁。可在古体诗上，我们唠到一块儿，同频共振，鲜有歧见。

当初以为家慧兄只是偶尔写写，只是把写得好的发给我看，跟我一样，是心血来潮罢了。没想到，他几乎天天给我发作品。他的古体诗读多了，我情不自禁地问自己：难道家慧兄天天都写古体诗？

为证实这个猜想，就跟家慧兄约饭。席间一

问，他果然是差不多天天写，坚持了很多年，写了上千首。这让我对他不得不肃然起敬，也想一睹为快，于是以学习为名，把他日积月累的作品硬是要了过来。

这一读，就入了迷，就像读《唐诗三百首》。

家慧兄的古体诗内容涉猎广泛，意境开阔，格律严谨，文采斐然，情感充沛，充满正能量，很多篇章都可归入上流作品之列——做过很多年编辑的我，这点欣赏能力还是有的，即使放在古体诗盛行的唐宋王朝——如果生活在唐宋王朝，他也该是一个举世公认，可以名垂文学史的诗人了。

写了数量那么多的古体诗，质量又这么高，需要多深的文学素养，多好的天赋，需要一颗多么静如止水的初心！

家慧兄是一个成功的企业管理者，时间宝贵，一天杂事琐事，多如牛毛。在这种日理万机的情况下，都能每天坚持阅读、思考、写作，殊为不易。

现代人，很少有写古体诗的了，写得又多又好的，更是凤毛麟角。在我看来，可在文学史上，能够成为教材（不一定是课本）流传下来，被广为传诵的，还是以古体诗为最。于是按捺不住，给家慧兄打电话，强烈怂恿他出版，给后人留下一些有价值的资料，也给自己的人生和生活的这个时代一个交代——个人以为家慧兄的诗词是旧瓶装新酒，做到了与时俱进，折射了人性的光辉和时代的光芒。家慧兄不是很乐意，我却是很强求，锲而不舍，终于把这件事办成。

自从读了家慧兄的古体诗，知道他在坚持写作之后，我就没有再作古体诗了。因为有他写，让人放心，他心比我静，写得比我好，比我更能够坚持；因为我怎么写，都写不了他那么多，那么好。

家慧兄性格内向，心境澄净，不爱交际。但

他经商、旅游、写诗，乐此不疲，卓有成效。他喜欢自驾游，对祖国大好河山，自然和人文景观情有独钟。家慧兄每到一处，诗兴大发，佳作频出，写景状物说理，发思古之幽情，都信手拈来。

跟着家慧兄的诗词，既可以游山玩水，又可以阅尽人间烟火，净化心灵，升华感情，把日子过得如同这些言简意赅、充满韵律节奏的古体诗。

现代生活，忙碌浮躁，追名逐利，能看淡看轻，把日子过成诗，尤其过成古体诗，简约不简单、韵味悠长的，并不多见。

我的朋友很多，横跨各界，尤其是在商界和文化界。但像家慧兄这样，简简单单、古体诗一样的，只有他一个。他爱古体诗，是身体力行，用生命在书写。

2022年1月9日于北京

目　录

2021年

2020年

2019年

2018年

2017年

2016年

2015年

2014年

2013年

2012年

2021年

2021.10.12

游金华山（三首）

千狮峰

泉淙随曲上，蝉语翳林榛。
倦憩危亭望，千狮跃鏊瞋。

买闲林

一窍通隐幽，买闲暂别愁。
绝尘欣未已，泉咽柝金瓯。

狮王

朝迎阳乌起，暮送云谷归。
俯踞华峰顶，瞰临尘间菲。

2021.10.10

逝者

精魂何所之，焰冷盒灰骨。

偶幸子扫祭，隔代狐营窟。

2021.10.7

重游剑湖（二首）

一

舟行天境阔，鼓棹碎云嵯。

仙客君山杳，海花清滟波。

二

云彩华峰漫，绿汀白鹭柯。

闲睨舟客远，多情即啸歌。

2021.9.30

拏云八周年纪

不求百岁期，但愿今年好。

年年相濡过，八载欢未老。

2021.9.27

收到兄赠汉铎壶并屏观闭幕式以寄

渭镐麟集再，岐山凤复鸣。
黄龙吐紫泥，抟铎待茶烹。
宵漏无击策，晨曦泉爇声。
新烟思断塞，复品谢姜兄。
擎盏怀良遇，无暇聚西京。
筹期全运短，炫影赖君更。
重负勤如始，遂功辉曜琼。
啜观今夜景，局了问新程。
盍早好风至，响流馨杜蘅。
弹冠兄属吾，振衿为兄倾。
权逸北秋月，缓筹南岭菁。
兼旬慷慨去，凌翥钱潮宏。

秋风

尔来形不目，唯觉触颜凉。

何意君告吾，轩鸣簌簌商。

2021.9.25

闻孟女士归国（二首）

一

羁旅未言喟，浮桑展翼来。
穿云思帛雁，玄鬓嗅乡梅。

二

一朝闻雁返，三爵泪倾醅。
峰转晚归舟，秋流云正飞。

2021.9.24

无题

玉磨初心永，怀瑜抱泽康。
蹇途停偶悟，衣振举风翔。

咏二疏兼寄恒大（真侵韵）

贤哉两叔侄，接踵并朝茵。
不为庙堂名，功遂辞要津。
天子旌双举，黄白不吝钧。
饯祖东门外，锦翻夕影逡。
行者奇盛景，知者感贤臣。
斜轸銮促促，烟弥道尘尘。
宴饮归乡即，散金频趣呻。
友邻叹奢欲，族问何贻亲。
业勤何须财，财多伤道真。
谦身难教子，唯此怨弭泯。
大矣二君行，澄明曜紫宸。
观之芸芸众，痴欲攘攘湮。

联盛恒且久，想欲大无垠。

且看散金台，系谁坐悟心。

恒而无义里，大却无益民。

财聚沚江祲，浪颓寤悸沉。

何妨踪古迹，取义鸣心琴。

咏陶朱公兼恒大（东冬韵）

智哉范少伯，止戈知兵凶。
卑己三年隶，卧薪廿岁功。
兴绝即浮海，名隐五湖中。
赢赀万贯业，义疏一身空。
三迁荣名附，千载商贾嵩。
目今饕餮大，假面胃口重。
曾为沟壑犬，索羹志不穷。
曾为土泥虫，饮污僵死冬。
一旦广厦瞩，朝暮愈邓通。
呈威抬轿者，烟哄塑神供。
怠心随物役，逐利忘形衷。
哀哀迷初始，蠕蠕膏脂脓。
岁迁峰陷谷，出水足泥痈。
绳去北邙山，垄丘听鬼嗡。

生前食不已，陵盗多燃蓬。
莫学嘀嘀謷，怀钱愧展公。
多悟弦高牛，捐财援梓戎。
箕山溪耳秽，汝郡品睁瞳。
千载喁喁问，谁步陶丘踪。

2021.9.22

临潼有客来（三首）

一

有客自西来，忆昔青竹院。
擎杯乐与忧，秦月隐云眷。

二

的的吟河岳，行行诵汉风。
襟怀磷不涅，啸气感余盅。

三

君唱范公楼，我歌将进酒。
鸣乌追古心，慷慨戚戚友。

2021.9.21

咏石榴（二首）

一

琅玕怀久育，霞帔逢秋趣。
倾风的的明，君子及当顾。

二

花萼相韡韡，餐霞饮露滋。
掬蓬待秋月，珠赤罥殷飔。

明月夜

岁功自有序，望日十二期。
非恋今圆夜，唯因秋正诗。
飞鸿眷越树，代马迎风追。
别慈京都久，中宵行客衰。
林乌哺受子，色养愧言兹。
长追欢爱景，盈辉倍怀伊。
往矣四方翥，来兮一归思。
思遥难自已，虚隔暂邀之。
载欣共云饮，载酹同月熙。
玄兔醉眠杳，金星曜去迟。
何当成此聚，萱悴近霜时。

2021.9.19

观赏流沙灯并谢璐璐

寂寂北秋暮，淫淫秋雨噎。
秋暮寒色增，秋雨凄佳节。
欣有砚席璐，寄灯忙揽挈。
光映流金雨，积景瀚玄雪。
翻转倒悬沐，簌簌倾前页。
一刻山河改，寸心岁序啮。
曾驱万里孤，痴旷不愿别。
人事无根沙，风挟郁怅觖。
目之君此惠，云眷感昔颉。
弗远谢琴词，润庭知虚澈。
同窗岁有届，相忆永期结。

2021.9.12

橘子洲行

望江亭上望江迎，灵籁西来水北行。
洲橘珠莹累累碧，桂香飘落斑斑橙。
而今来往皆闲客，畴昔谁怀弹雨征。
欣有韶华凝始志，年年映雪咏梅声。

（星城）

拟古重游岳麓书院

高高悬楹匾，郁郁庭古槐。
嵯峨龙虎字，烟事赫曦台。
弱冠曾游至，廿五今重来。
留影踵昔迹，别心迴尘埃。
逸兴遄那际，湘酹娥皇醅。
初出一啸涌，终归百事摧。
回眸旧时阶，一降一戚哀。
走马观闲客，泮泉泠青苔。
萃然麓山故，莺啭笑吾颓。

（星城）

再上金盆岭

金盆岭上世期年，楼宇亭亭代陌田。
杜阁临湘北去水，汤汤别麓未曾还。

重返校园见

广场暄秋蕴，新生竞战歌。
老槐夹曲路，迤逦引曾窠。
岁月淹红字，玉楼遂径峨。
报栏闻集萃，之我鬓皤皤。
遥望旧窗开，垂轩绽碧萝。
徘徊门钥再，踯躅怯横过。
不忍怀烟事，仰寻勒字柯。
班班青丝影，历历足欢颇。
穷迹奋然反，叹微时泪蹉。
余情濯湘水，荡荡北归波。
多少肆蓬列，随流市隐珂。

2021.9.10

入拏云诗社以记

层城云岫杳，秋露启丹墀。

诗谷窥门入，临琼未雪时。

教师节

桃李迎风笑，涓耘不辩言。

期唯叶哺老，枝新岁岁蕃。

2021.9.7

杂言遥寄王兄

兰生云根谷，馨逸因凯风。
朝移朱庭阙，暮飙玄艾冲。
耿耿不为染，幽幽固芳衷。
景行知初路，肩责慎穷通。
守雌达其隅，直的任飘蓬。
杞天犹过哂，笃日若愚蒙。
止惠桑榆里，何怀蹊落红。

午行园见猫

斑髭苍鬓似秋翁，系袖倒裳庭沐风。
林翳日高蛩语偶，碧空檐角影行匆。
徘徊斜径悄悄步，辗转垣篱急急躬。
露毳无暇睎倦暖，雁归渐至腹仍空。

2021.9.6

秋雨晨

浵浵经夜檐前雨，戛戛淋泠籁爽晨。

勤鹊南枝呼懒客，玉阑露彼思鲈莼。

心在琢句淘米而倾落

思吟寻巧句，罐斜碗倾覆。
目之玉流散，心微意忽目。
俯身拾东西，屈指一一逐。
炉台莫衡卧，罅柜休隐伏。
全到锅中来，青流浴三漉。
浸淫一刻许，三刻氤氲馥。
踅身空罐字，痴然乡叶蹙。
帝京萃烟雨，松江木落速。
心期扬尘岛，身羁人事椟。
铭初难赴始，知终孤心牧。
纵雕楚璧语，专气今腹禄。

2021.9.4

雨中行

蓐收近物迫，玄冥远将害。
拥衾东庭云，殷思昨夜酹。
虚荒六八岁，揽镜见市侩。
五谷虽荒别，尤惮四体泰。
幸有同窗群，云鞭共励带。
周筹四十里，期末半九艾。
著袍足迈行，淅沥阴霭霭。
积跬万步匝，绵绵积潦霈。
过门三可止，欣怡沐灵籁。
舒筋北窗影，衣雨销形汰。
遥泠问长沮，勤穑力可荟？

2021.9.2

晨跑后阶前坐有得遥寄友

庭檐箕踞息，滴汗绿阶藻。
举首柯闲鹊，望云高轩昊。
泠然促静夜，蝉沮感寒槁。
迎阳杪叶悴，荫径簌无扫。
离犬觅殷勤，嶙峋餐根草。
露霜寻常复，春正可欢燠？
忧之释杞意，爱别自有道。
万物随时化，秋风谁不老！
燔身归地恩，魂化太清岛。
六凡苍狗循，一世白驹芼。
良俦久未音，契阔询安好。
玄阴垂垂结，稽业汲汲考。
岁何惠吾侪，惜幼椿萱祷。
回看东门影，荷荼非君宝。
唯期谷月窈，短聚琼觞晓。

2021.8.28

如厕悟得

花街鱼肆影嘈嘈，何必修身远市朝。
偶眄云归穴翳翳，推陈屎溺乐光韶。

无题

陵阙汉唐渭水滨，无疆呼拜已同尘。
终南风瑟东榭角，新陌种瓜非旧人。

徙

一天三地转，千里惫双心。
多事非由我，得偿郁邓林。

与赵雷欢洽共饮

月隐竹篱影，虚谈酒乐贞。
抱石秀逸酢，听君戚戚萦。
七〇怀衿月，歧路凯风蘅。
鲸酣星曜北，蝉噪云长庚。
雷赵耕潼萃，秦腔承玉英。
酌杯中霄苒，侃侃訚訚醒。
非为私心许，道行与地生。
蹇驴桥渭去，回望南山菁。

（临潼子夜）

（同为七〇后，相聚酬酢，感怀岁月。不觉夜半，迤逦而去。）

2021.8.27

夜读左太冲诗赋有感

湛湛碧虚旷，昭昭秋月宁。

忧心遽屡空，寤起沐然泠。

可欲非熙攘，中宵醉古经。

浅吟击节再，寄友八行听。

窥管潘安貌，仰高陆海星。

骨柔亏笔力，志大殇华亭。

十年洛纸贵，八史鉴心形。

纨素舞毫墨，白发感自铭。

徘徊室寂暗，喟尔金风馨。

忽噪庭檐鹊，目之昧旦荧。

合书返横梦，伧父共惜惺。

2021.8.23

日落

执杖迈高岑，阊阖送谷云。

悬车行雁远，谁与共光曛。

2021.8.21

秋兴（十首）

秋怀

人老雨寒流，寻箱秋絮绸。
底藏褴褛见，展抚曲心游。

秋花

孤逢信宿雨，万物累湿喑。
日转爽清洁，蜂遗落蕊琴。

秋误

走马错识花，丁香当喇叭。
遥笺告迥然，掠影从君哑。

秋果

阴雨北天坠，迎风南渐红。
暗微青涩去，枝鹊啄高蓬。

秋乐

夜雨日高荫，风微入柳滨。
垂髫滑板跃，老祖后呼嗔。

秋忆

万籁感秋意，一心伤物萧。
拔根散学乐，擎叶觅流韶。

秋蚊

秋气飕飕凉，秋云滟滟徉。
谁知蚊扰寂，无汗爱仍狂。

秋翁

年年庭叶落，岁岁篱花红。
坐看春秋复，邻娃唤仆翁。

秋色

燕秋初见晓，黄即参差杪。
游心云谷归，三径闻喧鸟。

秋鹊

余晖入慈目，金风怀晚情。
影枝停戏鹊，入耳非春声。

大风吹·中元节前夜

琼浆入冰盏，明月共婵娟。
缱绻红尘已，经年即一天。
粘唇和珠泪，风拂过桥咽。
久别偶杯影，忆谁何物牵。

2021.8.17

晨行

中夜雷霆雨，单衾听曦啾。
开轩祛昏欲，泠然朝氛流。
停云空寂远，鸣鹊澈园幽。
木落归诀杪，野菊芳径丘。
丁香花委地，余者怒艳柔。
彳亍行旧路，目及感道周。
四时应循序，万物各始休。
霜秋随性耳，一念即吾眸。
人生期颐几，余岁怎自囚。
静守穷天地，举足顺然俦。
不企圣贤踵，常新乐远游。

箴

潘妹深深意，董郎款款情。

松萝洽乔木，磐石任流黥。

萝附徐徐苒，石痕眷眷贞。

秒定须年度，百岁不急行。

文火稠馨米，炙爇肴失精。

闻曲知雅意，琴瑟洁长萦。

2021.8.16

无题

风动云霄听夜雨，去年谁此共圆夕。

晨云露重院樊低，深叶蝉鸣秋感迫。

禅

空有高鸟心，身无双翼岑。

听风云寄远，岩泉响北林。

忆（二首）

一

本意长情侣，今夕已故人。
共遥明玉桂，悲绝青鸾湮。

二

夕月酌红酒，款然思故交。
如新忧此遇，倾盖喜相嘲。
事凡乖远道，期心咫海遥。

2021.8.15

煮粥

乾坤炉上沸，岁月腹中流。

不介腌鲜绝，自然清白稠。

2021.8.14

餐厨

头痛两三日，无心几页书。
夜中霹雳雨，昧旦寤怀初。
既不安然坐，聋音啜白茹。
七夕千里练，百汗浊微祛。
熙攘满归载，厨操红翠蔬。
粗肴孰与进，举箸谁相胥。
寂寂唯乐响，滋滋听齿徐。
烟霞一杯酒，酬影余光徂。
但梦酩今夜，不妨为惠樗。

喜饮酒

吾非喜醉饮，但爱酒德篇。
欲晓古贤意，唯先浸蚁渊。
试酌一杯酒，怡情态自然。
俄顷壶覆半，忘形即达天。
世寻松乔道，尔亦喜酩涎。
四海须臾远，八荒刹那前。
大言无累怨，小隙奉酬躅。
行运六八载，憔悴虚岁年。
可待期余日，随乔向父泉。

无题

邻近枝巢曾许知，巢空乍去乐新时。
不是无情西风至，唯因世态惯常离。

2021.8.13

无题

民罹乱世羡苍狗，盛世无端狗做儿。

笑我大言疑话满，倦猫日暖玉堂姿。

2021.8.12

小房子十七岁

那年细细雨，粉胖八斤许。
日晓郁云遮，巳隅云破去。
荏苒十七年，喜忧春悠茹。
的行羽箭直，拓海帆将举。
莫豫但斧荆，鼓吹乃父与。

2021.8.11

书房偶得（二首）

一

青山一室参差就，墨妙点犀氤氲梁。

休言金玉书中有，动念即沦莸鲍堂。

二

始志瞰山岭，初心一气成。

汗涔登顶即，脚落非峨京。

险翠攀援再，通幽杖谷行。

步移痴妙景，滋漫意闲生。

一字欣芳涧，三行仰啸鸣。

凝眉偶侧径，抬首窥园蘅。

切摩虚室止，空音籁远清。

2021.8.10

无题（二首）

一

未察秋已至，蝉切鸣先知。
一岁哀其短，三生羡永期。
朝暮蜉蝣舞，梦残花落时。
何忧千岁叹，足惬感怀伊。

二

雷震秋风至，雨来涤暑消。
芳菲渐渐落，阑夜阴阴韶。
无意浅觞醉，有因怀绊遥。
愿言安所往，期梦绛河桥。

2021.8.9

晨起听毛不易《平凡的一天》寄南山君

庭前花看我，倚坐影墙栖。
我看东云霭，霞妆淡已西。
清风拂鬓语，寤夜雨潜凄。
转目竹篱静，红衣未染泥。
春秋自有序，日月谁曾稽。
安且岁不我，停杯水白兮。
悄疑南冠客，秋浦话何题。

2021.8.8

遥寄西都君生日

又遇秋来日，清风花曳姿。
遥敬当年表，呱啼子夜之。
芳龄出瀚海，辛涩奋京师。
天不唐捐苦，慰偿儿女熙。
镜中即不惑，荣艳晔然颐。
余岁尤欣往，玉才光景期。

2021.8.7

短歌行·立秋

天地不自长，万物赖其生。
紫气因无饮，数载或销萌。
霜花别木落，毛羽感天鸣。
积土山微老，细涓渎几更。
或为三秋灭，或为百世成。
偶作智灵首，苟营尘务茕。
朝辞萱草堂，暮殒雨洪倾。
鹤去影空已，哀庭恨月盈。
遥思爽籁渐，悟叹东园旌。
早遂芸黄既，裳裳淇则蘅。
忙忙何必日，遐岭正高清。

遥思

未闻秦岭招行雁，但意金风花木辞。

且看清风自北渐，随尘英海向南飏。

2021.8.4

蜗牛

朝吸薤上露，暮宿碧云葶。

何蹩竞复晞，悠哉目唳鹤。

2021.8.3

读新闻感伤

晨晖出门去，宵晦未归伊。
初来有音讯，地铁水涌危。
当时说永守，今之阴阳离。
死者长已矣，生者哀久兹。

无题

对月说知己，举杯思远君。
门开金风至，往事付浮云。

2021.8.2

晨跑看云

日升云怠归，枝杪响风徊。
眷眷熙光景，何因遣伯催。
伯来应远岫，归去聊为媒。
纨素别霞帔，澄心憩碧苔。
去来皆有止，盈仄怎随裁。
东海约明浴，羲和共待来。

2021.8.1

梦秦观

久未识文字，宠蒙君自来。
缱绻紫云引，阊阖踟蹰开。
萧玉带霞舞，霓裳珍宴台。
杯空暖五蕴，风响荡八垓。
龙御逡淮楚，鸾鸣衔乡梅。
但盈眼波水，眉黛山峰嵬。
枝琼碧鸟看，花竞蜂蝶徊。
不意迷游厌，知交欢洽哉。
天鸡旦鸣促，金乌阳谷催。
腾身绵绵远，揽目寂寂呆。
深眷那时景，恨唯难再追。

阴阳非期算，偶期何日才？

起身觅锦书，轻吟感君槐。

(近年未曾涉猎少游点滴文字，但夜梦其来，邀我荡漾天河……醒来以记。)

2021.7.29

读苏轼《满庭芳·三十三年》有感

林川携手谁曾是，江海相遥忆旧年。
憔悴青衫重越梦，抛书丹陛酌幽泉。
偶闲芳径淋甘雨，闻啸云崖彭祖仙。
仄室灯深书影伴，行间鲸客月相眠。

2021.7.28

南山会中困

阴翳会中困，频掐醒痛抓。
倏忽惊寤梦，抬眼又思家。
打叶叩窗雨，声声促卧斜。
奈何归不得，腮拄念床花。

自感

何因世有我，凉踽客行人。
灈市悠悠过，炊烟袅袅氤。
笑来婆娑路，至此非穷辛。
多少凡间遇，愈行愈惜真。

2021.7.22

晨起见雨有忧

晨青檐外雨，眷眷豫州滔。
长叹天惜惠，连侵众受涝。
同声齐助力，援手共撑篙。
息喟艰穷劲，寸心湿泪袍。

2021.7.21

郑州暴雨洪灾肆虐（六首）

一

六月蒸暑热，头昏汗涔涔。
扇摇轻飕转，忧豫洪流侵。

二

满屏话中州，郁郁汤洪下。
苍生迫流徙，辗转夜无话。

三

惊闻豫州雨，嗟吁生死间。
气运有盈仄，渎职天亦潸。

四

天灾需示警，人祸谁当预。
街巷荡车舟，正冠高处倨。

五

街衢集鳞波，楼宇助渊深。
玄冥何淫淫，中原柱东沉。

六

六月苦霪雨，忧思天亦缺。
望天殇河南，城泽舟车噎。
天何不怜豫，文脉灿灿颉。
西岭动少阴，南丘足炎烈。
谁倾东海柱，洪荒西川泄。
愿为乌鸟翮，破云晴日澈。
甘身娲皇石，受鞭五色缬。
盛世频逢患，齐心天共锲。

无题

南山愔愔静，槿瑄陶陶语。

悠然顾止一，怀叒那时旅。

2021.7.15

路博自沪上寄来五斤装西凤酒两瓶赋诗三首以记

一

悠悠淞沪云，郁郁萃邓林。
林中有乔木，高枝凤鸣岑。
俏枝双岁苒，摇别一曦忱。
鸣沥江东水，香蚁遗孤心。
入口慰心暖，珠玉生颊吟。
愿君食竹洁，望尔择桐斟。
青鸟偶来报，青冥恣万寻。

二

西风过江来，北燕霪雨开。
瓶启席前嗅，香流满室徊。
自倾且欣浅，神气便云埃。
三酌广陵叹，一杯酒会追。
轻吟进酒曲，悠念素琴台。
蔓草无古意，钗裙泯史颓。
谢君忱别寄，笑言遥共杯。
南北几时偶，饮芳何必催。

三

十斤两瓶酒，千杯两地悠。
杯尽意无尽，乾坤云水流。
莫伤时短促，乐酌岁余酬。

2021.7.14

秋望

扶犁大武耕，燕雀共翻鸣。
寒暑寻常事，春伏芳喜盛。
何言怨未有，且笃脚行程。
偶惘似前阻，回身秋麦盈。

2021.7.12

毕业遥寄同学

勺园菡萏开，西阙逐影魁。
半百复玄冠，侧边穗拨开。
肃聆俏哥寄，赧登士林台。
夜醉雨倾诉，晨路雨促催。
愈愈思旧影，遥遥别清哀。
道达安且祝，笃迹陟彼嵬。
江湖行阔远，南北各集槐。
偶来槐下遇，樽酒忆旧醅。
老雀无云语，欣凭青鸟来。

2021.7.8

读《赤壁赋》思诗仙捉月而去

心属访鲸客，身归不系舟。

匏樽倾月饮，捉波享风酬。

乾坤非终寄，盈仄有初谋。

物化形随转，髑髅惬意游。

2021.7.7

小暑

最伤打叶雨，滴滴动心惊。
风伺垂堂字，暑憔鱼素声。
红笺期眷古，清徵漾流萦。
无那莲尘驻，瑶光灿洁茕。

七月七日忆卢沟桥

卧听轩追雨，摇恨那时声。
血浴苍穹碧，号旌湖海赪。
乞怜无耿骨，自立更强钲。
晨望天青处，狮威洗色鸣。

2021.7.5

赠南山君

身羁尘网中，心寄月明风。
临窗楼宇立，门对车声隆。
簇簇晨曦步，茕茕归影蓬。
樊笼爱有眷，书卷乐亲融。
春水流年染，浮生悴颜瞢。
偷闲几日偶，夜静南山钟。

夜雨

雨打庭前叶，灯微辗转悁。
伯劳东飞去，不见燕西还。

无题

窀穸传悲声，旷野有戚鸣。

岁月说静好，弦尘负绝筝。

2021.7.4

赠南山君

落黄鹅掌殷殷苔，识拣芳心旋旋开。
匝步夕园千里曲，睨涎红英满玉醅。
巧饰坛中乱人目，嗅临生恼无真才。
忽记秦川穰泽卤，谁尤郑国使初来。

（南山君甚爱花草，微信与我及槿珰示鹅掌楸换叶，拍照与我观赏。又附言本以园区有新品植物，细看乃塑料制品，有些恼。）

无题

香尘逐花径，枝动花羞应。

倾欲许花心，嗡嗡蜂逐憎。

2021.7.3

无题

所累向何处，一念即道中。

道孤行未久，痴痴恋翠红。

2021.7.2

连日雨自谑

三日连绵雨，今朝艳丽昕。
左邻悬系柱，右舍锦迎薰。
挪吾摇摇椅，南窗美美殷。
不师裈曝者，估效郝隆勤。

2021.7.1

百年

百年血浴火，几代塑山河。
多少忠魂铸，是非经岁磨。
凯风万里转，腾鹤九垓歌。
擘画新途远，荡胸永楫波。
佳期盛景纪，日丽甘霖娑。
继往期颐后，燕然石菁莪。

2021.6.30

长青调动至海南临别已赠

长青万里飞南雁，碧海一衣带北烟。
此别何年今夜雨，万泉燕冀酹涓涓。

二君笑我饮茶之具鄙

我存茶具若干种，高下唯欢简便冲。
竭虑殚精尔恣美，莫评北佬瓮明盅。

鹊啁啁

晨鹊啁啁，蕃叶牂牂。
吾心凄已，不见君留。

夕鹊啁啁，枝巢悠悠。
吾心凄已，不见君眸。

旦鹊啁啁，其子呦呦。
吾心凄已，何日君酒。

2021.6.28

槿瑄君来京通惠河边夜

前月叒行古道间，今朝双影倚河阑。

涔涔蒸势蔚霞晚，语重冰心期沐寒。

2021.6.24

与鹊

推门檐月皎，枝影闻鹊声。

何因不得寤，双双起月情。

2021.6.23

无题

寐舟溶煦波，林晌鸣暇豫。
悠然灵籁享，荡涤琴箫虑。

忆

初心不忘方终始，半世归来仍少年。
把酒言欢忆过往，潇湘风雨再摩天。

2021.6.20

无题

夜起寂无声，岁星复河汉。
已是十八载，频频梦里见。

思父

凭阑寂子夜，疏星点八垓。
悠悠先君去，茕茕十九颓。
天河不可渡，唯梦见君来。
月移摧云速，光阴碾苍苔。
曾诩游鸿翮，揽镜盐路唉。
蒙眷频频顾，音容切切偎。
时渐追同岁，衔恩空遂哉。

2021.6.19

自娱

茶能醉我亦耽酒，书可香余更恋花。

偶来茶酒书花并，花并醺然欲凤琶。

2021.6.18

夜忆剑湖感怀君语

莫羡花开复，但观云驻痴。
玉泪朱颜雪，行舟翩鹭姿。
渌波欢靡迈，白蕊漾参差。
坐寐风流抚，耳聪容与鹂。
黯然将既往，寥怅叹何期。
终乃桃源客，届时归落篱。
慵慵酌倦洗，噪噪苦蝉呲。
偶来忆那月，笺去暮同飔。

夜忆沙溪

蒹葭拥云暮，流霞霁色倾。
沧沧尘濯曲，眷眷沐芳蘅。
彳亍蹒跚陌，谑兮横狂酲。
恼睐蛙鸣漫，顾疑蝠翻营。
休开光扰寂，且坐望长庚。

和燕社诗友观农民工有感而作

我等皆为客，附躯植树人。
唯安成蔽野，魂转亦何呻。

2021.6.17

忆（二首）

一

怀缅那时雪，思酬知泪莹。
云逐寅时月，日促金罩情。

二

望天天不老，万物受其霖。
雏凤凄寒雨，菟丝哀石心。

2021.6.16

明

莫轻海誓申，且看扇坟忱。

星北终不换，问谁更常参。

岁暮北辰永，移情即息吟。

2021.6.15

无题

未名湖静波，旖旎鸳鸯皎。

不解书声意，唯盼食饲哓。

思南山君别父母南归沪上

滨江漾漾端阳柳，风送依依萱草眸。

展翅浮云频顾再，花栖园圃一息纠。

芳龄畅意江南远，老大盘桓疆北惆。

杳杳暄兮心默默，垂眉玉箸寄霞流。

2021.6.13

端阳节临窗

临窗有雀跃，枝杪洽乌吭。
西阁流霞景，东篱绽野蔷。
天高翔百鸟，地厚并千芳。
君子彰同异，鹈鹕郁结泱。

2021.6.12

忆凤凰山红军烈士陵园纪念碑

东岭塔摩天，巍巍显劲节。
西河雀海嵎，荡荡那时血。
多少负青春，刀斤尤赤烈。
后来应若何，山水移青澈。

2021.6.11

晨雨

风岚卷细雨，白鹭立汀涓。

青荇随流转，蓑翁痴钓弦。

2021.6.9

遵义芙蓉江（三首）

一

涓涓碎云影，翩翩白鹭飞。
不见双双戏，遥遥山翠微。

二

芙蓉江左水，荡荡凤山烈。
缱绻世间多，那时槐萃血。

三

芙蓉水亹亹，辗转向江东。
倾酹一杯酒，冀希为羽鸿。

2021.6.5

思怀（三首）

一

悠悠怀心曲，荡荡邈云瀚。
愿借南飞雁，翩翩到君岸。

二

遥遥云一杯，浅浅共三哉。
南北同牵挂，东西共相徕。

三

呱呱蛙鸣漫，莹莹星落田。
双栖枝曳暖，坐看月云牵。

2021.6.4

悟

渭水有垂客，濠梁论鱼真。

莫叹鱼贪饵，且嗟下饵人。

2021.6.3

无题

风摇草色冷，日斜林影寒。
非吾虚光意，岁华半已阑。

忆游剑湖

东曦舞霓漫，水色萃烟晖。
棹破山云镜，漪澜白鹭飞。
林荫传和曲，集沚欢栖葳。
伫立井心远，舟闲机忘归。

2021.6.2

无题（四首）

一

常笑文君误，绮除荆钗扫。
经年倾侧颜，心鹿不由恼。

二

一息欢未已，三怀契阔早。
纵难金谷赋，期步商山老。

三

莫问情何物，念之恨既晓。
再逢即别日，脉脉残光杳。

四

心有桐促柱，何君可素挑。

若无萧史曲，笙默凤杳杳。

晨醒思旅途

晓旦即迷醒，竖听无鸟喧。

目开四壁寂，心慨一窗幡。

婉转山幽未，既明京冗繁。

推窗清照影，湛湛心已猿。

2021.6.1

忆沙溪古镇（通韵）

重游古集镇，余韵悠悠焉。

留景潓江涌，影真文津圆。

信然磋石板，白调系槐鞯。

遥畅笙竽乐，憾羞错此篇。

临高望畴谷，矻孜民耒阡。

嘉穗盼秋景，燕交巢缠绵。

牧牧殷勤媚，燃燃紫杜鹃。

虽为异乡客，魂飞恋此川。

问君何复此，蛙唱向云巅。

徘徊月明照，思别泪悄然。

儿童节

虽无童子脸，亦存一质真。

行归孩子气，何处不生新。

2021.5.31

归来听雨

帝京风漱雨凄凄，倦坐茶馨听鸟啼。
呷口恍惚迎往事，隔窗惆怅彩云西。

别（二首）

一

君离天亦雨，我去航班变。
天何延客行，归的似离箭。

二

那日别君地，今晨吾步从。
息停晰渐影，转角即分冲。

桌上两金橘

桌上两金橘，或曰各有枝。
一枝跃鹊鸟，一枝曾凤栖。
鹊鸟聒聒噪，凤鸣集葵芝。
凤飞枝擎橘，噪默橘固滋。
物化随时转，各得各觉宜。
承阳因禀性，根本未曾歧。
缘际逢嘉会，旦人去遗皮。

（昆明机场）

2021.5.30

夜吟（三首）

一

夜寅趋蕊榭，深坐听山蛩。
切切思良伴，巨虚泉穴喁。

二

皎皎春城月，溶溶素意浓。
昨夕同醉饮，今夜已西东。
兰契三千里，无言五更钟。
多情莫笑我，夕旦尚鸣雍。

三

昨寄好好语，夜半频频顾。
忆兮别离影，泪泄不可住。
牵绊未曾泯，苇石相永缚。
去来缘有因，言默知冰素。
晓晦凭阑望，云来隐客路。

2021.5.29

送卿行

与卿桑梓共南游，四载同窗橘子洲。
业毕尔翔南岭雁，卷书我徙北燕牛。
穷年长别片言偶，九日携肩乐云流。
虫二未央朝夕尽，归期已仄计时惆。
星稀痴诵听风醉，曲调摧花相泪眸。
一城折柳送卿去，追影思兮几度秋。

金鹏东飞

金鹏展羽翼，翅振向江东。
扶摇万里远，尤顾栖梧桐。
洱海徘徊影，雪山默相衷。
情非薄浪子，意重达天穹。
何奈亲恩重，义责担始终。
一息浦江永，长忆情挚崇。
耿耿无须问，冰心藏玉盅。

2021.5.28

夜宿白玛假日酒店与洛桑白玛及其母老佛爷欢叙

洱海夕阳景，酒醇云夜彤。
彩衣白玛倒，耄耄其亲容。
觉念一无顾，施援七步踪。
花甲与鲐背，西行雪域雍。
酒深听笑语，眉喜二老浓。
三爵行客敬，一杯酹玉钟。
灵芝东鹤舞，桃美来乔松。
双双蹒跚去，倚阑感山蛩。
四时常自序，余岁不复重。
陶乐母子状，步学卿吾拥。
遥遥执手祝，静待期颐逢。

感谢白玛精心准备的专场音乐会（二首）

一

日落增云色，琴悠醉碧波。
车行如有意，霞绮暂听歌。

二

泪从何处来，耄尔共拥怀。
明日东飞去，何日或相偕。

三宝赋

剑川有三宝，龟背钟山鳌。
南诏综文理，石窟歌会嘈。
方兴琢木正，旌旆小施豪。
漶江陌陌涌，古道悠悠蒿。
和氏哭衢路，随珠因报桃。
三宝蒙尘去，董生孜孜劳。
杖步录名符，伏书案牍操。

2021.5.27

荷锄之妇

荷锄之妇，缓缓行步。
晨曦其田，云影踟蹰。

荷锄之妇，缓缓行步。
晨曦其田，双燕低顾。

荷锄之妇，缓缓行步。
晨曦其田，秧苗有露。

田野呱呱

田蛙呱呱，声漫于野。
泣露将别，月哀云噎。

田蛙呱呱，声漫于野。
月哀云噎，斜依归辙。

田蛙呱呱，声漫于野。
斜依归辙，明日行别。

田蛙呱呱，声漫于野。
行别莫问，冰心玉屑。

丰禾村夜

华月映山野，蛙鸣乐在哉。
徘徊芳寂路，慨叹忽涌来。
友契他乡里，行行返邑台。
相拥泣露语，携坐望云皑。
久久无声动，嘤嘤虫既催。
明朝别此处，何日共托腮。

沙溪遇董先生（二首）

一

井吾沙溪遇董郎，亭风侧沐吐华章。
石钟二八漶江永，古镇新生增旭阳。

二

剑川小施不简单，砥砺琢雕十多年。
相遇那时已鱼跃，再逢今朝鹤九天。

（沙溪遇剑川文化遗产研究院院长、非物质文化遗产保护中心主任董增旭先生，并谢天艺园传承馆小施老师。）

2021.5.26

剑阳客栈夜

半百韶华多少行，离前笑语泪悄莹。

螽斯唧唧天鸡早，坐此听声破晓明。

剑湖（二首）

一

云顾湖中湖照天，风移波动岁华迁。
从来聚短长离忆，三弄舟前我笑言。

二

龙剑入川阳，溶溶化煦波。
荡橹与君此，带云飞鸟歌。
山高曲水意，茶半酒澜多。
擘画雁秋此，尔来共岁磨。
千古多少恨，一别缘几何。
恐有复来日，步光挂枝柯。

2021.5.24

遇卡瓦格博峰

天垂接雪岭，地耸翻云越。
无因清泪眼，寂寂离魂阙。

卡瓦格博峰感约

蒙君千里至，不敢负君约。
三鼓着纨素，遣云暂解箨。
正寅双刻紧，急披金霞灼。
九重阊阖开，一息感君魄。
相看何须言，景流传寞寞。
羲和御龙渐，云归徘徊索。
殷殷寄慰语，款款胜桥鹊。
天河期且遥，咫尺君慎诺。
玄深哀暑墀，金素增城钥。
待君离别去，夜夜玉虚柝。
缘深砺月累，再见莫欢薄。
可知天子穆，东去无返骆。
漾漾瑶碧水，翩翩舞西鹤。

敬思

耳大眼睛小，鞋泥尘土袍。
骏骏浔阳语，身量比稻高。
邻里称佬表，稚儿乐爷淘。
政要常鞠拜，九州承腹膏。
谁人不识敬，国士隆平褒。
哀民去食重，身许田塍漕。
两世专一业，一生万代庥。
惊闻乘鹤去，兆亿尽哀号。
冀燕风雨泣，江沪雷电遭。
云西坤地抖，四海起波涛。
白玉无滋味，舌牙不敢饕。
举箸千金抖，入口忆丝毫。
愿师昆仑饮，闲琴不再劳。

虽无竹下曲，亦可凤兮翱。

荷蒉后来者，萃衡共撷芼。

（松赞林寺）

（袁隆平先生于2021年5月22日仙逝，敬思以纪。）

2021.5.22

夜宿玉龙雪山下

月明玉龙雪，风啸动窗寒。

犬吠星云迫，客来正解鞍。

2021.5.20

璞玉书店行

昆明有璞玉，竹帛琳琳堂。
营计非因迫，春苗期育芳。
百教桃间里，十年获此藏。
谁为不辞苦，宋子盈车装。

滇池寅时轩座至破晓五咏

一

寅时忽寤起，开窗望远山。
山羞绰约子，林飒凉微颜。
喈喈啼道友，唧唧呼旅殷。
静坐文字处，笔意奄清闲。

二

轩对湖光影，星垂接西川。
风馨送耳悦，螽斯及泄宣。
遐飞到故里，伊人甜且眠。
寄情湿管寸，布谷啼勤田。

三

鸡鸣惊欲曙，万籁寂忽然。

举首复高目，嵯峨山黛嫣。

向时曾未响，斜卧依流泉。

阊风何所致，龙奋羲和鞭。

四

羲和跃旸谷，奋御穿云瀚。

六龙踏紫云，南鲲振翼伴。

鸡东挺再咏，宓妃玉虚观。

未及三声复，天旭应时旦。

道成万物可，各就各责粲。

五

有鹅晨哥哥，吾听笑尔色。
昨夜多旖旎，仰颈张矜翼。
嗤我自辛窄，诮我奔波客。
看我羽哥理，观我列雏泽。
渠缓戏乐鱼，芃芃寒宿麦。
营魄抱一简，夏秋增逸翮。
观尔影阳阿，窈袅过青坡。
思吾狂简子，念吾采桑娥。
虽无松乔功，一息执丝萝。
唯情寄终极，遥遥月皓皤。

（昆明）

2021.5.19

无题

春城初夏正芳菲，澹澹不见海英回。
反侧思卿空叹夜，那时木成今已违。

2021.5.17

遥谢伟民弟寄来枇杷果

乍离愁未解，白玉枇杷到。
入口思花雨，碧螺春室奥。
东山北阙遥，南雁江东瑁。
熠熠洞庭波，溶溶舟醉蹈。
何年遂此愿，鱼月江湖好。

2021.5.16

醉书生

书生偶露峥嵘状，原是醺然大醉时。

莫笑疯癫于往矣，洗天风雨更缉熙。

2021.5.13

酒后三咏

一

贻我胡辣汤，瞬飞自洛商。
蒸气爇已至，封启香漂飏。
一口辣味蕾，三口汗肺腔。
激越豫中唱，汤滋古道肠。
酣至谁为主，都谢郑郝郎。
离别渐渐至，豪歌酒更狂。

二

缘来那岁始，今叹缘去兹。
谁令识君自，渐离不远期。
杯酌昨难挽，一爵寄别伊。
莫醉伤弦月，望日莫约踟。

三

酒后思卿重，缱绻话语迟。

蹒跚林步迥，松卧恨当时。

（结课渐近二组酒筵以敬。）

少卿送故宫礼品马克杯人手一套

贻我浮月杯，金兔翘蓝靛。

青桂景摇曳，融融映离眷。

泉泠振玉洁，缭烟可粢荐。

摩樽思啜馨，遥遥姮娥羡。

2021.5.12

看边防战士戍边新闻

豹立壁仞愁，鹰翅摩哀天。

冬雪齐腰际，春飐严躄挛。

暑伏冰未解，秋乍酷霜旃。

餐雪乐冰饮，拥戈枕石眠。

2021.5.11

红蓝两大碗

吾有两大碗，色纯红与蓝。
红碗汤羹滋，束蓝高搁耽。
非余钟赤骥，盐驷遗君参。

2021.5.10

橘与柑

淮北有冰橘，江南为醴柑。
非因墙草偃，从令共箣龛。
爱元凯风不，一心滋而涵。

2021.5.9

有容乃大

尔爱九头鲍，吾钟小龙虾。
何缘被锻锦，禁余破袈裟。
滋吾身上泥，伏身粪肥瓜。
锦躯离群索，唯攥大喇叭。
皮里叉腰语，文章出匠衙。
阳春素正气，下里乐耘耙。
历代王旗转，皆慫吴侬花。
庙堂八佾舞，采歌三百家。
髡僧撂地画，嘉德竞拍嗟。
梵高葵向日，生前几人夸。
天生万物并，溢彩各争霞。
同气当胥往，同生须互嘉。

洋宽容彼见，何乃豆萁掞。

鞋小束足长，口钳川仍遐。

莫因襆翅颤，门踞虎危呱。

呈裸敢行否，恐嗤污渍哗。

2021.5.8

与一如聊所读书目并忆美术馆东街

夜话隆福左，三联书蹭雍。
香云景不再，陕面睽违浓。
闲览岭泉响，偶听茶雨钟。
老渐去人远，唯意蠹鱼喁。

感伏生舍命护书

汉唐山且在，草木几度荫。
庆荣禹迹循，非尔复左衽。

2021.5.7

仿《七日夜女歌》咏昨夜大风（三首）

一

昨夜风流迈，曜晨柳带宁。
结心忆昔赠，从此念汝名。
终为飘蓬客，花零逐水情。

二

夜风听萧萧，卧床感心焦。
恐摇启明落，迷途归更迢。

三

风伯何惨酷，夜过摧梧树。
桐花随转泥，桐子凄夭趣。
复忧鸾乍栖，色斯恐离驻。

2021.5.6

无题

学器期成器，器成慎步邯。

琏破复尘与，立歆半余安。

2021.5.5

看朋友圈

清咖呷惬景，衢角跣蹊畦。

常叹跟帖或，偶怀流量低。

点击靓照转，灵动乍即题。

瞠目圈中炫，恐疑忽奄稽。

迹穷哭径反，歧路不合泥。

赧步仲容宕，晒裈霞缀西。

2021.5.3

觉

不知此粳米，馥臭几渡来。
结善若因缘，食杀何诱哉。
偶为饲虎之，怎固常情推。
妄欲迷本心，草木受其傀。
天命各归性，循常自孕胎。

岳涛同学参加戈16取得好名次以贺

岳涛武狂漠，新创凭方博。
参差曜宇罡，趋一阿翁雀。

2021.5.1

结业赋

公元二一，岁在辛丑。癸巳甲子，棠棣课讫。乙未初伏，稻麦业毕。前日未正时分，盘娟老师来电询余，能否为此赋诗以寄。

余自忖无逸少之遒雅，更无寄奴之枭才，殊难致庭谷芳逸，恐为续貂之讥。

然，忆施君常谬称学霸、频黠赞魁伊。无他，实为激吾辈以进递、恐倦怠而荒圮。又，吾等营生参差习俗各异，但因缘会际，岂知此果非何世之馈遗。

未正三刻，余枯坐索肠不知何出、辗转庭窗不知何入，至酉时正拟就初稿，并寄盘绢惴之可否。答曰可，并定三日付梓。余朝乾夕惕搔发双宵，切磨以终自是可言，忝与小姑呈审汤滋。

诮可笑矣，嬉而嗤之，束阁置壁、投地寂寂，但念唯情为挚、唯意为实。他日，诸君必垂翼玄天、励博于渊，惟待鬓苍鲐背，情随时迁，炉火日暖，可否掸尘以观。彼时，钩沉过往，怏然足怀，思接前契，意气时彦……

假览于此，何忧永命。加餐可娱，寿考福祺，悦光华矣！

燕园广新智，华亭汇翰闻。
玉麟南北萃，金凤东西翔。
卓荦三十三，斗魁缀太苍。
琳璐顾相盼，珊珊对颖觞。
云雯照小吕，伟华孤鸿徉。
六英点点粲，婉转更高吭。
比翼有双郝，二宁合目康。
一郝贻胡辣，一宁令美章。
黎宁直男跑，何奈腿常僵。
三杰沾杏林，器服药销强。

酒肆金坡倒，路博盈车装。
唯我旺旺胖，中医守道匡。
四陈各放彩，海祥口藏枪。
玉国习伯长，建华送驴忙。
习伯乐交外，送驴困营商。
太华岭南立，戈壁闾闾狂。
孜孜研新术，亮衡博士方。
摄魂朗笑者，士气兄理刚。
生态安广厦，有良苹果香。
久违宏强面，去一三鲁荒。
荣侥文峰在，谦风趣齐襄。
英彦刘姚并，与吾隔代郎。
少卿正旖旎，阿飞苦择芳。
伟民抚儿累，双影茕然当。
来去非闲客，当垆春武坊。
帆举搏海陆，衔杯畅春良。
赵幽立法义，慷慨谨言锵。
回看两年景，飞林最朝阳。

长别伤聚短，春娟秋疏黄。
磐石无转移，蒲柳韧且长。
书诵春城泮，溪冲河汉炀。
煜煜浦江曜，般般未名沧。
秀口濯缨冠，得门过庙墙。
偶寄寥寥字，慰思又何妨。
重吟少年曲，频唱旧时光。
冉冉展鸿翼，郁郁多稻粱。
愿尔宜家室，乐卿琴瑟臧。
久要今不忘，同席刻东庠。
余岁各流景，揽襟泪颊滂。
修短随物化，期明徒今伤。
欢宵尽三盏，酬酢喝千嶂。
大白浮星夜，盘娟酬未央。
恣意赋者谁，清河一支房。

（北大光华管理学院EMBA138结课作此以记）

2020年

2020.7.13

别

折柳与君西复行，尘飞相去日思萦。

月凉丘壑知离意，嗯字一音无再声。

2020.7.11

登寺口子峰·观怀汉碑

峰高不畏阻，凌顶汗蒸衣。
怀汉层峦秀，抚碑唏嘘归。

登寺口子山·观苏武牧羊遗迹有感（三首）

一

长安天子坐，征戍守居延。
夜夜闻刁斗，期期念诏旋。
胡杨秋几度，折柳月凄然。
血染刀将冷，沙荒葬骨眠。
稍欣和汉女，转瞬勒胡单。

二

四十出漠北，白发归甘泉。
君上惜爵赐，宣朝朔望褰。
岁寒磨镜志，老气荡胡天。
愧煞飞将子，年年起墓烟。

三

雪饮毳旃何太息，心拥大义正甘怡。
秋飞南雁声声断，寒塞云低脉脉期。
共沐皇恩临急难，声名两判李陵悲。
竹孤彳亍长安道，排班窃窃问焉耆。

2020.7.3

劝君

花开终有落花时，冬去春来荏苒移。
驾鹤云飞殇已故，夏花且吝正浓期。

伤去者

穷泉迎故友，幡展去魂徊。
谁念身前事，妻儿苦楚哀。

2020.7.1

总结上半年

半年扯淡过，企望下年新。

流逝年年水，中年恨负春。

2020.6.28

佳节・杏已肥

端阳青杏肥，吾欲瘦成谁。

待到秋高日，尔红对玉儿。

2020.6.26

佳节·纪父

盛夏端阳到，吾心愈萧萧。

粽香蒲艾臭，两世十七遥。

（今日父亲离世十七周年）

2020.6.25

端午节有感（二首）

一

屈子投江离楚恨，曹娥赴水觅舆亲。
夜袭风雨千年恸，孝义老唯蒲艾津。

（前夜风雨大作，今日端阳节）

二

焚身介子绵山义，子胥东门望涌悲。
但看龙舟几世竞，和衷阻疫瑞同丕。

（特殊时期，举办龙舟竞赛）

2020.6.23

吊辛弃疾

壮岁过江驱外虏，霜丝金策换锄酤。
力呼战北终余恨，松去高歌一酒徒。

（读辛弃疾《水调歌头·我饮不须劝》《西江月·遣兴》《沁园春·将止酒戒酒杯使勿近》）

2020.6.21

夏至·父亲节

阴生夏日长，隔世两茫茫。

欲问心头事，枕席期梦详。

2020.5.22

杏·离索

夏初青杏小，雨骤泣离萧。

恨遇相知短，秋枝负景邀。

2020.5.14

回校偶书

一月离园六月回，声音略改视睛衰。

蹒跚遥看疑邻座，惊近暄疑胖者谁。

校园路上逢

开学疫阻路漫漫，一旦出关母笑颜。

路上相逢同话语，互商打怪几重关。

闻六月开学

修炼阖门百二天，心宽体胖步拳挛。

书山苦去多寒路，计日踌躇七月仙。

（疫情好转，接开学通知，想小子所为所言，戏谑偶得三首。）

2020.5.13

谢赠葡萄

食君草龙珠，一粒一思卿。

粒粒甜清志，颗颗蕴挚诚。

殷勤前夜语，晨火肺冲盈。

枯干失语寄，悔依难续情。

追前十月景，忆今公尔萦。

踽踽门前路，遥遥楼上明。

2020.5.12

潭边坐蛙声阵阵，忽伤忆《西厢记》

殷勤声唤溪泉畔，莲曳风微戏影潭。

寂寂凝眉谁意属，盈盈花照月清岚。

2020.5.9

春雨寒

雨寒迎面冷，云魔胜言凄。

怒恨折心志，余生夜漫题。

2020.4.25

古镇·细雨

云岚细细雨，静入然然山。

遂悟释空语，故人新证寰。

2020.4.23

古镇雨·读书日

解忧千古书中觅，世态炎凉淡墨香。
烟雨蹉跎西绿水，庭前折页尽沧桑。
且听鸣鸟穿林岸，唯静霓虹恋夜长。
如玉断琴埋黄卷，挂剑山中悦春藏。

2020.4.20

谷雨

深山春夜静，细雨潜江城。

独坐高台处，心惊一鸟鸣。

2020.4.16

江边坐

深深岸上坐，汩汩水流声。

无奈崎岖阻，事繁计返程。

2020.4.11

茅台镇

赤水流西北，酒飘冽酱香。

深山商贾地，雨过沐禹阳。

2020.4.5

清明祭

年年逢此祭清明，天地遥兮共望情。

华夏四方英魄纪，神州十亿共堪萦。

长思鹤羽三山外，久役归田五岳宁。

取义前仆千载下，志承国运与时行。

2020.3.29

咏史·伤巫蛊

长秋殿上止青蝇，父子萧维金鼓钲。
岸涌东湖三青冢，归来思子枉恩声。

咏史·悲主父偃

不遂四十年，一朝右频宣。
弃修惟横逆，恣贿主私偏。
五鼎鼠贪暴，廉寡旋市阛。
余嗟何羡阙，徒顾东门牵。

2020.3.20

宅思

春遇非常天地距，窗前久看树生烟。
武陵入梦思归客，长影日倾憎夜眠。

窗外

风暖半春花竞绽，枝新吐蕊鸟相欢。
宅中无赖嫌窗景，双翼仿无碧海般。

叹贾生

江湖一隅呈安策，引颈长希恩诏来。
屈吊忧怀周鼎弃，断魂犹豫向鸾台。

悲贾生

少年气盛引经纶，倾盖庙堂功老臣。
夕旦远行追湘曲，茕茕顾影与鳞呻。
腹书千策少经世，气郁早夭常泪颦。
四句知行风语砺，日移新论建章陈。

2020.3.10

纪日·致自己

四十七载纪同天，碌碌春秋知命年。
向际书前伤史悼，此时掩页酒樽前。
常思远父殷殷嘱，频恨教儿每每煎。
萱草迎春堂上老，佳节彩衣娱笑筵。
韶华意气酒歌舞，立命沧桑为口钱。
恍恍经程聊险胜，一杯头上眼前翩。
氤氲霞赤对人影，香灭寂寥望谁燃。
昔日谑邪悔无语，梦中翻恨事常咽。
踏花且放安期处，江水春移东去宣。
无赖再酌悠暗夜，宽余自恋感啼鹃。

（生日纪）

2020.2.29

春夜

花浓盛夏遇中楼，一面惺惜恨过秋。
瀚海冬残归故省，疫殇春阻望归愁。
天光日丽离肠怨，风泣星无入梦流。
囊隙微微无意久，月前半悔负深眸。

读杜甫诗得句

幼听天姥吟，心悸梦难眠。
年少吟天姥，冀期彭祖仙。
再闻剡溪泮，仰止沐诗渊。
无谓玉箫去，归山事可捐。

（读杜甫诗《奉先刘少府新画山水障歌》思李白诗句）

自省

昨日空船撞，今朝省自尤。
心虚合己忘，两益世行修。

(读网上关于《空船理论》，想昨日之气，自省。引该文末句以记：“从修行的角度讲，庄子说，虚己以游世。就是要虚己、外己、忘己，忘掉自己的私欲，忘掉偏见，这样才能不被伤害，不害物亦不害于物，不伤人亦不伤于人。最终走向大‘道’。”)

2020.2.21

立春·新冠疫情

二月雪残草色眠，立春拂煦照林潺。
伤毒微瑟九州患，静待燕来沐雨寰。

韭菜盒子

韭苗煎饺香，风暖日正长。
回看镜中影，冬残增岁伤。

无题

易水克知难，筑击庆与肩。
九州宵小乱，春履蕞尔湮。

阻约

月上柳梢头，约期佳节后。
奈何殇疫阻，日日新闻守。

读《李将军列传》

百战将军苦，轮台未与荣。
史公吞泪笔，青册素彰名。
百世后来者，笔中落日情。
挑灯观剑影，征鼓梦空行。

微李将军

失意南山猎，晚归恨霸陵。
旋召郡太守，急斩自污称。

伤李将军

游兮常溺水，骑射过半伤。

唯好终伏祸，衰微三世亡。

疫情宅家

宅家月半酒常酩，不醉与儿小事争。

曩时艾怨烦公事，堂睦今因盼出行。

追忆

二七情人暮雪纷，恨煞灾疫恰正春。

思遥楚汉萧萧解，书罢凭窗祷故人。

忆

——读《史记·游侠列传》及王国维《晓步》有感

老来常忆少年狂，恨负春光旧霓裳。
然诺浮白移五岳，而今自笑镜中惶。
奔波熙攘东西客，久阔绿珠为某娘。
风晓日同逢恶疫，斑白俯马弄孙忙。

春夜酒醒

七弦曲尽水余音，红酒含唇忆醉尘。
夜半迷离寻嗍水，忽萌借翼漠西云。

信

天碧待春雨，草萌须沐风。

九州信无恙，长沮乐耘中。

读明归庄《新春梳得白发》盐车句

何须盛世孙阳故，路上盐车无特仍。

且看清潭深幽处，春光艾芷并蝶蝇。

2020.1.19

夜思

十年薪卧苦，三载悠无鸣。

一旦璇玑握，九天云阙楹。

2020.1.8

夜读《黥布列传》

三筹自身虑，下策失子孙。

上计如得中，雀徒亦阖门。

无题

如新白发是，倾盖故当非。

诚忆折今日，恒孤慎可颀。

夜读《汉书·张耳陈馀传》

约时然以死，势利狠争交。

空誉唯求贵，一朝几世嘲。

赞贯高

燕赵多侠士，荆卿别易篙。
填膺仇汉祖，俾刃令贯高。
桥立当阳断，闻鸡策北韬。
茫茫塞上雪，酒啸雁翎刀。

小寒雪行

雪飞暗夜小寒节，灯影霓虹肆满街。
冷路微明深去印，年终腊祭爵低槐。

2020.1.2

酒后

白头新似十年至，倾盖语迟一旦亲。

知否何来居日短，相合默止动中心。

2019年

2019.12.30

夜梦

长夜无安睡，迷蒙天柱丘。
圜墙大如许，壁影不知头。
悬北斗牛户，江河东贯流。
飘飘紫粉裾，猎猎骏八啾。
趄紧失心步，昊冥霓彩幽。
何源腾雾起，忽吾失前旒。
寻烈声声唤，笑嗤阵阵悠。
彷徨无所去，雷语梦惊休。
静坐思前事，噫双升怨尤。
书合鸣鹤处，抱柱翼方酬。

自怀

修篱锄下心头往，云鹤书中淡淡香。
望断水东移日月，星光浅浅意流觞。

相思忆

万里相思万里遥，遥遥暗夜望碧霄。
念君几度夕阳驻，四目清晖云赤烧。

雪夜

昨夜雪飞至，街空孤影行。
临家无所措，不见故人迎。

梦南寺雪

天老风寒肆意狂，寺南漫雪影茫茫。
梦中敛袂携君去，吴带双双待漠阳。

酒后（二首）

一

年年欲醉未曾醉，未醉只因泪己欷。
酒罢无归歌有道，轩辕尘垢有谁挥。

二

年年欲醉未曾醉，未醉只因泪己欷。
酒罢思卿卿不语，异乡恋恋几时归。

吃面

一车四人行，二老两中青。
只为一盘面，唧唧化霜翎。

月下

古树悬孤月，戚戚寂寂花。
婵娟香祈拜，痴愿邈云涯。

2019.12.8

相忆

莫言心易悲酒馔，转角霓虹醉初见。
比翼连枝时岁老，回凝过影空怀眷。

窥园

园潇一夜清，寂寂鹊无鸣。
相对楼中客，风凄雪上行。

夜思

室暖枕犹寒，五更夜梦残。
飘飘何所似，红袖再识难。

雪后（二首）

一

雪艳欲红滴，滴滴似泪垂。
风寒春不远，谁忆旧年蕤。

二

昨日日升暖，夜来雪迫寒。
何来天隐变，意冷水凝阑。

殇别

踯躅相逢地，幽幽待暮昏。
无缘终异客，枯柳影斜村。

静夜思

思君不见君，夜夜碧云深。

寤怨恨弦月，灯明对晨荫。

2019.11.17

自诉

人去心空残月夜，风寒冷影澹依阑。

江山万里何需我，怅望唯余箫引鸾。

2019.11.1

静夜·思

塘边黄叶碧寒穹，昨夜凌风丽瘦容。
何惧冬来霜雪虐，春秋护尔映曦彤。

万圣节有感

百态鬼娱人，无形最刺心。
熙熙皆缴利，诸圣叹俗沉。

2019.10.31

金庸先生逝世一周年记

少沐英侠气，雕飞瞰碧鸳。

心猿行四海，不惑谢金幡。

（2018年10月30日金庸先生逝世）

2019.10.26

与有理之人谑

一日别三秋，亲疏各愿由。

何当同月饮，万古共消愁。

2019.10.24

时光和弦（二首）

一

黄叶纷纷云月悠，一行雁北渡南秋。
浅吟诗画心头事，韵染七弦今古酬。

二

千里赠书相未谋，只因友荐四行幽。
霜来窗刻秋情意，一页诗春隽案头。

（潘同学将其朋友书发给我，读起来清风扑面、隽永绵长。）

2019.10.22

夜黄浦江

秋月浦江耀，春申何处寻。
争鸣八百载，尽付水流沉。
隔岸船飞渡，景行灯引禽。
沧桑封邑地，郁郁凤重吟。

临江思姑苏台

秋晚临江渚，笛长诉楚吴。
难寻宫馆女，逝水添鸥咕。

（晨去上课，行黄浦江畔。）

2019.10.13

酒醉临风

与君春酒向斜阳，且借西风瀚海狂。
莫道月明痴笑我，十年遑莫觅空忙。
寻常巷里因缘遇，慨叹花颜已鬓苍。
对影汉河织女醉，倾杯点酹谑牛郎。

酬答曾师弟

早飞笨鸟为腹忙，勤恪曾君绣锦章。
腐块不书芝殿颂，祁流浼浼引鸾吭。

忆登山·伤别

伏登陵峭岭，风劲冷朱颜。
携手余晖下，向尘折柳还。

晨餐有感

虾鲍不忧见，欣欣正咽草。
感时涎女娇，居久小芳好。

（晨吃青菜想曾说人人心中一小芳）

秋·九月九日雨东行

晨雨驼乡远，山清日渐明。
牛羊星点漠，寥廓贺兰横。
孤寂寒荒里，天涯秋满程。
东行谁系客，百世胡杨迎。

思卿

秋心片片随黄叶，逆旅依依卿忆遥。
寄语雁南丝简附，东窗晓落影光韶。

2019.9.28

题王家大院（二首）

一

虎卧西崖秋几度，风云涤荡百年垣。
儿郎谁晓今何处，深院嘈嘈尽客喧。

二

王家大院人如织，介庙林中燕鹊啼。
艳羡锦华春似在，不思止功问金犀。

题介林（三首）

一

晨登介子庙，午坐碑林前。
句句观经愿，思齐何自先。

二

百里寻荒迹，幽深青鸟看。
空空无足扰，山脚假期欢。

三

割股行忠事，功成心了还。
何明务焚岭，移过汗增颜。

2019.9.23

秋思

月长螟�叫，永夜正秋分。

思雁衡阳去，天青静渺云。

秋情

桂子飘香菊蟹黄，秋河叶舞渐生霜。

客临含愤清凉夜，弦月幽幽影上窗。

2019.9.22

秋饮

秋风浮一白，烈烈酒登仙。

谑问云花影，相嘘君莫褰。

2019.9.17

变

阴晴非我有，亏满未曾真。

徒笑人间事，移情空寄身。

2019.9.16

晨·唐岛湾行

碧波曦钓太虚境，不谓鱼来心自扬。

归去踽行廊下影，风微黄叶任涛狂。

2019.9.15

思远人（二首）

一

君已登高明月赏，我身淋雨觅云晴。
广寒香桂何孤远，不怿柳荫郎妾盟。

二

戈瀚遥遥风朔起，碧波荡荡跃鱼声。
相悬两地同明月，共结霜心话此情。

（临海夜坐）

2019.9.13

戏卿

云深不见月，行远更离情。

饕餮询卿语，吾喝一醋醒。

2019.9.12

伤鹊巢

一夜听秋雨，满园忧物华。

怒惊邻上客，云曙空枝丫。

夜梦虫思卿语

秋虫知恁愁，夜夜不鸣休。
前日雷霆雨，势微急展喉。
严冬行我牖，霜至怎寒守。
无力欢歌再，随风尸祝走。
乏书白日阴，枕臂玉虚岑。
金甲安期引，躬行三步深。
初惊状貌异，自言虫转今。
连奇目仙问，含笑吐金捃。
谢吾邻客友，娓娓亲道近。
夜长缩漏晨，秋仲溯孟春。
叶碧凝清露，花红嗅暮湮。
风轻随雨润，万籁感寒濒。
百二短些日，同侪已将泯。
天行孕物才，循道时安哉。

牵伴沐曙欲，呼朋恣星陪。
旦夕不足惧，惜倍今世来。
君遇三秋幸，真人引高台。
去季无需喧，临别有赠言。
窗前叨扰多，相对未曾烦。
尔寿三万昼，乾坤亿亿元。
何其渺渺藻，弱弱何其昊。
来赤几多贞，冢庐何若草。
偶逢苍翠夏，青杏同蓬葆。
别泪菊霜笑，揖风安各好。
倏忽寤增惆，恍恍忆真游。
戚然良君示，嗟兮甘自囚。
誓然携雁守，期约共餐酒。
幡然一夜去，深目对影偶。
云低鸣破晓，寂寥轩谢柳。
躬别交窗客，日高苍郁否。

2019.9.8

白露·早行（二首）

一

秋从白露至，日上碧云霞。
晨计行人早，书读再光华。

二

白露含霜意，金书带玉春。
披凉行促促，何顾煞秋人。

白露·夜

凛凛露秋风烈扬，幽幽弦月五更凉。
蛩鸣哀痛红残渐，万里归途恨夜长。

2019.9.3

思项羽

恃勇拔山更胜残，江东一怒不复还。

坑魂十万呼天泣，幽咽狂夫重诉寰。

致谢赠米粉

赠我一盒粉，三声三谢亲。

辣滋和汗水，何敢受情真。

2019.8.28

失眠·思乡

人定心无定，三更蛩正鸣。
鸡啼思关远，五鼓待曦萌。

楚汉鸿沟

咸阳宫火月三余，争战鸿沟岁二区。
莫道十年期可待，一炉冰炭愈煎殂。

2019.8.26

寄语

相逢恍恍如昨日，翠木青青三已秋。

尔去道长福五伴，一言安报莫疏休。

2019.8.25

大青山行（三首）

一

一路青天一路山，半山桥镜半登艰。
浮沉木栈龙脊起，汗落夕斜对喘还。

二

云岭星发愿，风凉秋入峦。
山高胸意阔，长啸待晨完。

三

酒后生秋怨，喁喁话里眠。
辉含顾盼去，星落野山前。

2019.8.23

处暑（三首）

一

暑残秋已到，万里碧空遥。
寂寂炎凉夜，蛩蛩恨露晓。

二

夜凉思好睡，辗转见晨秋。
问镜何繁扰，怆然天地悠。

三

思卿昨夜语，悒悒不得眠。
暑遇秋南雁，空痴望眼穿。
匆匆行过客，促促即沧田。
明日忧花谢，错兮此刻鲜。

2019.8.20

晨雨·儿开学

甘霖秋蕴少年才，切切风言冀未来。

跬步行难知劲韧，蓦然林茂旧时槐。

2019.8.19

同窗聚·看小子来信

昨夜清辉不可留，三壶醉酒到晨秋。
胡言屏上心头事，一语重临又泪眸。

酒后

昨夜刘伶做，今晨坐木佛。
摇摇颈上物，沌沌脑呆壳。

（孙鹏、王兴来京，聚，醉归。）

2019.8.16

虎跃

闲步山林惧，高寒一跃重。

风云岩穴啸，惊鹊正烟浓。

（为跃跃写）

晨池塘所见

一湖池水恋曦云，映映红颜五色纷。

禺落云崖无昃影，风摇柳曳正殷勤。

2019.8.13

看楼下一家人打球

秋立厚交云，晨妆亮美人。

轻剽来去燕，羞煞贵妃身。

感中元节近

如约昨旰似，此刻却离咽。

戊夜秋色近，时哉意两诀。

熙熙艳翠明，皎皎恨复折。

花拜广寒影，香销无处撷。

（思失眠晨语）

示儿·勉

三年尤可数，细数恍如昨。
昨日言勤苦，今知施力薄。
持书荒几页，甘苦又何惙。
回首疑阿父，易难示古说。
八十渭水班，五羖七十擐。
天命因芒砀，褰尸耳顺还。
骠骑何惊叹，莫钦甘罗官。
映雪悬梁奋，偷光刺股寒。
刑喜舌尚颔，死过隐山岚。
弹剑非腹叫，丧家心不甘。
长怀凌峰巅，未满怎联翩。
磨砺当车载，一朝瞰九天。
无心麒麟阁，像绣空凌烟。
智大筹鞭策，智平君子肩。

门前几丈阔，足踏咫尺前。
四维与三立，千年固守沿。
丈夫承大任，心性动忍镌。
切切父之聒，依依劼乃掇。
万钧桂冠重，强项受其钵。
不虑谋榱桷，当思泽被琢。
欲答牛汗喘，陋室无缁幄。
增忍三年索，力竭喜自啧。
箭追行有迹，何羡雀枝哑。
气鼓三通泄，势颓鲁镐折。
摘星千里月，途废半九绝。
孙戏问蹉跎，羞回引旧何。
哀荒郑卫恋，八骏昆仑歌。
彼待来浮槎，无疑现景嗟。
惜时辛刻季，能饭更称嘉。
勺舞贵质珂，干戈宜乐磨。
启明璀璨引，台后笑滂沱。

岁岁佳期陈，年年话语嗔。
莫嫌父老语，旦去悟余辛。
字字殷殷嘱，行行眷眷真。
静波云映影，吾必伴青春。

（儿，15周岁生日。）

2019.8.12

暑夜

蛙鸣愁暑夜，斜影对灯长。
醉卧寅时至，帘微苦盼凉。

门前石榴

伏仲枝沉红渐色，夜深滴雨暑秋严。
遥思碧日值凉待，拜月红实入口甜。

末伏

雨师无意风婆去，夏夜蒸蒸汗几重。
晨见石榴枝地坠，思秋子满恰明彤。

读《诗经·邶风·二子乘舟》

卫康有德，百年世祚。

伋寿二子，唯赞祖约。

雨后

风行随雨处，云漫气流新。

奕奕匆匆影，神清宴正晨。

2019.8.11

满月纪

春生夏长秋归根，伏末之时恰见君。

狭路万千回目处，迟来恨晚倍怀欣。

2019.8.7

无题

有缘却被无缘妒，飞燕西停伯劳东。

南北千丝天河日，遥兮两岸邂相衷。

依依俯瞰奔波客，碌碌归期不遂鸿。

且看铃声惊幔影，思君悔送四方空。

夜雷雨思七夕

京城云厚微凉夜，静待佳期河汉逵。

沉雨鹊桥雷公妒，参商恨阻久离伊。

七夕

年年嘉会年年期，不见今夕念念兹。

苦觅伯劳桥渡在，阑干漫雨夜倾低。

2019.8.2

读《史记·封禅书》鹣鲽句有感（二首）

一

鹣鹣不见羽，耿耿秋林殇。
无隙蓬深影，瑟萧渚浅凉。

二

鲽鲽何所似，熠熠并徜徉。
浩渺恣欢谑，江湧影哢吭。

夜惊雷炸醒无眠

疑是秋来早，雷霆雳冀燕。
梦思王子怒，雨骤惊啼鹃。
坐待寅时尽，心忧果恨残。
香丘佳偶祭，青冢几人笺。

2019.7.29

晨见

昨夜雨风骤，晓窗清气流。
街前零落影，疑似到初秋。

雨后蒸

风雨暑衰渐，步迟凉沐栖。
天青云欲去，日上汗蒸迷。
忽忆七贤故，竹荫憩醉溪。
茵茵无世恼，曲转鸟悄啼。

2019.7.27

答彭同学叹美景失之交臂有感

美景如佳人，好熙皆有期。
三秋佳丽去，三纪色颜失。
桃靥春期短，赴约莫误迟。
沧桑非我力，谋面任君宜。
休语闲即约，见之非哪时。
青丝霜鬓夺，丘垄默相噫。

2019.7.25

晨门前

暑害杏青伤草地，云深花艳待晨曦。
悠扬琴曲来楼下，小子恪勤正好时。

2019.7.23

大暑

不知昨夜雨，大暑至今来。

焚日涔涔汗，颓然恨雨唉。

（今日大暑兼中伏）

2019.7.22

雨

雨师怜世灼然烧，偶降甘霖意态逍。
落地无暇凉未沐，毒湿氤氲步更焦。

拔牙少年

俊逸翩翩美少年，牙疼艾艾夜无眠。
信条刺客屏酣战，不见三更唤药传。

2019.7.20

建党生日感

书生满满鹄云翔，赤子拳拳梦未炀。
十万旌旗同聚力，一心棘斩向辉煌。
宏图妙手丹青术，经略国人瑞而康。
凡世孜孜同戴月，尘间熠熠满庭芳。

2019.7.18

自省

入世皆如梦，离时大梦清。

临誊千古句，句句问谁行。

2019.7.16

小子练笔

汪洋潋滟阔，羊脂莫泊桑。
情景相逢易，波间异趣沧。

汪洋潋滟阔，羊脂莫泊桑。
窗外游人乐，窗中四顾茫。

（儿在水边读《羊脂球》有感自抒。）

2019.7.12

儿毕业有感

咏荷（一）

碧苑鸣蝉噪，协和菡萏开。
幽幽曾注目，荏苒自然来。

咏荷（二）

涣涣瑶池水，芊芊君子莲。
蕊香蜂恋舞，清蕴绿生烟。
三夏未深看，看时色胜年。
无情非草木，何奈离歌前。

协和湖畔

岩下淙淙赤日长，丝间恹恹鸟荫凉。
何妨驻客倾心悦，自濯馨摇影泱泱。

2019.7.6

毕业

手挥别远去，卸下腹中精。

桃李三秋载，冠缨蹊下正。

2019.6.27

夜卧

京城六月夏炎长，蛙噪蝉鸣无处凉。

丑漏翻身风乍过，二蒸衫透气牵强。

2019.6.12

自勉

欠损智商勤奋凑，补拙不辍取经成。

实学砥砺涤生志，智叟何曾史令名。

2019.6.6

父亲节有感

阴阳十六载，暗夜梦蓬峦。
仙圣颜依旧，客来鬓吾残。
离时强不泪，此刻过桥叹。
为子难识父，识之跪哺难。

2019.6.2

忆石宝山石龙村潭边见

谁家赤骥系无鞍，散步潭边草翠欢。

耳鬓步轻缱绻戏，断云鸣啸日斜残。

2019.6.1

题玉津桥所见

黑漉南流势见消，闲人野钓遣光韶。

牛声隔岸东街市，一笠一骅漫上桥。

漫步沙溪

古寨青山郁，东门水泠泠。

晹移忙种稻，弦月慢归庭。

沙溪欧阳大院

六一声到剑湖南，耕稼诗书历久传。

商贾随风三代去，字痕照壁叹流迁。

阿梅

城里阿梅心淡然，喧嚣不恋恋丘川。
辞成南下剑溪谷，恍恍倏忽三整年。
背篓信熙行早市，书笺韶乐柳荫筵。
友来星伴轻私语，月影鸣虫花下眠。
未旦铃声惊寂鹤，天明到客遣周天。
且停小憩滮流侧，舟梦云帆会桃仙。

2019.5.31

茶马古道黄连木匾

黄连木百年，古道苍痕闲。
久未銮铃响，等风增叶颜。
斑驳点点影，佳偶双双坏。
碎破旧时静，灯光今夜斓。
俯身腰下看，五二匾黄擐。
心慧佳期对，忽思文曲潸。

沙溪古镇兴教寺

三教文兴道直中，存亡泯化绿依葱。
魁星台上台前看，剑溪沃野桃正红。

听洞经古乐有感（二首）

一

洞经乐未起，耳尽郑新音。
弦管悠梁绕，始知雅乐今。

二

耄耋深坐抹丝弦，天籁之音古树间。
钟吕疏听六艺事，乐声入耳泪欣颜。

2019.5.30

忆游石宝山思《天龙八部》

未逢段正淳，神遇异牟寻。
庙宇沧桑坐，俯瞰星云侵。
东西饿殍患，南北猿哀吟。
椎痛难皆渡，鬼哭大地沉。
千年风月替，几代狗沧涔。
欣遇太平世，泪吞气感霖。
恩仇衣振去，西岳何暇任。
云岭行观雾，戏呷梅酒斟。
星河明烁烁，雪罩晨峰金。
唯憾语嫣舞，花痴未结心。

2019.5.29

环洱海旅途趣事

暮色苍山远，浪欢洱海风。

车行西海路，笑谑沪仍戎。

与潘君别（二首）

一

转身君去我乡归，两地三千风自飞。

云岭星云同日月，京城难抵彼清晖。

二

彩云滇岭南，苍洱共生城。

长水拥相别，手握不忍行。

同窗春谢纪，久散各经营。

互道惜珍重，荏苒愿君平。

观松山保卫战陈列·娃娃方阵有感

天真仍未减，抗战遇悲多。

且看松山云，当时欢乐歌。

登松山战役现场

林涛阵阵呼英魄，炮火声声凛虏魂。

锁钥松山十次战，滇西奏响凯歌存。

行滇西抗战纪念馆望台湾

国破山川碎，江河共泣欷。

许身争战阵，驱虏立坚威。

碧血八年热，阋墙久望归。

悬天一带水，携手盼同辉。

傍晚坐野鸭湖蕉溪所见

云映深潭水照天，鸟归林岸胜蝉欢。

斜阳山外庭前影，儿跑母呼闲倚阑。

2019.5.28

观喜洲古村落

功名柱上记，子嗣乐承其。
三代随风去，树空叶已遗。
悄询子辈在，摇首往难之。
攘袖急留影，网传打卡离。

行国殇墓园感

泪数三千冢，一滴一泪垂。
青春未尽展，茧化纾国危。

无名

默默青山冢，幽幽鸣翠微。
凌烟阁往事，天地记谁徽。

观和顺民风廊道有感

士民和顺走夷方，仪礼不失生计忙。
富庶梓桑兴教序，腾阳小镇继辉煌。

题洗衣亭

亭边鸭欢叫，不见捣衣人。
夜夜临泉坐，援琴月照津。

2019.5.23

观《丽江千古情》

云岭壁绝六月雪，金沙浪遏暑中煎。
刀劈血茧荆棘路，蹄踏痕深古道悬。
瘴疠深幽林魅隐，大王横路索盘缠。
兜兜蹇蹇筋疲骨，袅袅离离香祷燃。
百代辛劳为梦好，乾乾夕惕展新篇。
路通四海大研望，商贾云集胜旧年。

2019.5.22

题白水台

仙人白水台田赠，宗教东巴始叶尊。
冽冽冰泉尘不染，殷殷金翠水中存。
银妆神女月玄饰，执币纳西常火暄。
围腹渐宽灵秀孕，玉塍滃泱榴红繁。

2019.5.21

自大理去剑川路有感

杜宇千年帝，贤明川满渝。
昼暝勤稼穑，布谷促劳劬。
血沥江河艳，泪滴滇岭濡。
秀云清白染，暄籁洁泥途。
民达虽乐苦，欢唱冀辛苏。
行客笑资语，我听黯噫吁。

初住五柳心宿

夜投五柳居，户井洗尘迷。
仰卧星云换，静观带月稽。
花间虫戏闹，稻里蛙声低。
无所飘飘适，闲心醉古溪。

2019.5.20

520稻城亚丁夜思

既望佳期夜，月明山势皴。
遥思君望月，望月眷远人。
窗下听风起，曳遥寒影颦。
年年东逝水，两地共此亲。

金缕曲·登山

劝君莫愁路崎岖，劝君匀劲慢行移。
美景无限天地设，莫待回身愿空靡。

喂松鼠奥利奥有感

谷幽松鼠喜随人，栏上跑来讨食蹲。
一块腹藏嘴另咬，又身我掌够贪飧。

徒步有感

一阶抬腿重千钧，遥问来人路几寻。
言笑慢行十刻到，扶栏萎堕意逡逡。

自诉

昨天万米登山路，今日九公里溯河。
心颤头疼唇血裂，全凭坚志与欢磨。

2019.5.19

题亚丁曲措美眉

雪山曲措美西施，犀齿深眸顾态迷。

窃问雁行收到否，冰泉洌洌待郎提。

登山遇卖虫草藏族同胞

林深扎西遇，叫卖虫草新。

手举捌捌肆，笑言有钱人。

2019.5.17

记卡瓦博格雪峰

卡瓦博格霞彩飞，春风不度雪危威。

英雄戍守佳人伴，仙妒神召无意归。

寒夜

寒栗待晨曦，苍茫远山低。

霞生天际线，绝岭披金泥。

五彩腾云雾，六龙影风鼙。

回身杯中暖，愿起再临稽。

2019.5.16

题玉龙雪山

雪峰夫如何？口画难全表。
百里行程距，路曲心转杳。
白马途中奇，友谐睚睨小。
藏歌悠扬曲，空腹思岭杪。
飘飞岭回处，满座齐惊吵。
连绵横雪岭，壁断天地皎。
鹏飞恨不至，唯磨云绕缭。
同行问意何，呆呆一字了。

静夜

深山鸡唱远，恰是满天星。
静卧无烦事，思接故里暝。

记噶丹松赞林寺

皮囊一借五十年，世上纠结皆系缘。
明镜心中摩顶试，清晖佛诵拜慈前。

看天葬台

六欲迷尘镜，三才弃被哀。
且观鹰食处，赤赤问何来。

自明

心中明月在，静气自然来。
磨砺知行止，氤氲菡萏哉。

记虎跳峡

危乎哉！
真君救母劈昆仑，疑斩天门耸玉宸。
上啸下鸣哀急唤，临江虎怒跃丛榛。
金沙湍竦愁林物，难阻红军到洛秦。
八十四年，乾坤转，天堑通途新。
何惧阴风鬼蜮再，碧波迎浪非昔沦。
雷霆五岳齐心志，睥睨四方窥要津。
雨未杨帆安若早，西东一路和同春。

虎跳峡（三首）

一

天门斤斧开，金水龙吟寒。
壁立云崖际，路行山隐残。

二

虎跳未真见，湍急壶口输。
华山当最险，到此等稍无。

三

未至江边震耳帘，临崖俯望心突颠。
提膝足蹑徘徊下，万马迎奔天地旋。
寻疑虎跳传言迹，四顾峙峰身恍然。
上易下难诳客信，愁眉股颤苦梯悬。

2019.5.15

鸡鸣古镇·题无白家

停车束河古，寄住无白家。

云岭横城北，柳堤卧阳斜。

临溪歌入梦，宵嗅满庭花。

鸡唤曦窗映，催天万仞嵯。

2019.5.14

泸沽湖海花

波静海花开，风来水底眠。
疑是天河宿，黎明沐波欢。

泸沽湖辰时观星有感

星河点点湖边客，渔火微微冷画人。
飞渡遐思河汉地，仙班难觅费精神。
回魂落魄红尘处，云淡天青破晓晨。
叫卖声声惊眠鸟，女神披黛水金粼。

2019.5.12

傍晚滇池美女峰下

水光潋滟，残照西峦。

美女横卧，佳人倚栏。

靓寂山岳，影如清磐。

鸡鸣起

风入帘微动，鸡鸣盈既啼。

林鹃呼偶伴，星落远山低。

母亲节打电话思

萱草北堂下，遥遥念大人。
经年难久见，见时发白新。
具馔旧时艺，盘盘儿忆珍。
低眉入口少，言切微含嗔。
日上云林去，茕茕待新春。

自嘲

田园虽有意，终恋世俗缘。
两日皆新颖，三天急转旋。
车鸣人促促，又起鹅翩翩。
左右皆难弃，纠结且今年。

2019.5.9

昨夜归

白日劳身拖进门，头疼瘫软懒分神。

目移手触屈书史，冷落无心已挂尘。

2019.5.6

题立夏

恋春春去也，雏叫夏欣前。
未尽习习暖，日浓花媚妍。
枝沉果愈重，暑雨噪欢蝉。
且看杨花舞，估将饭后眠。

2019.5.3

季夏

未遇夏花日，相逢花落时。
休言春暮晚，春老土耘宜。
仲季有常序，心安待雨期。
形销歌化腐，雪后孕生机。

2019.5.2

五一节赶报告

闲月匆匆好，空空寂寂宵。
呼吸惊耳畔，对影话轻聊。

宅家自描

节休曦暖色斑斓，淡淡青云杨柳檐。
髫髫呼车相竞速，银铃化母面盈甜。
遥招慢跃行边路，同伴回嗔心不嫌。
片刻偷闲窗外地，欢声处处我观瞻。

柳絮飞

五月帝都杨柳春，纷纷飞絮戏行人。
暖风笑语沉月际，不见君归夜既辰。

2019.4.29

答刘师兄

世上人人几万天，何暇聚散务清莲。
春风不等蝶飞恋，化雨筹耕腹内田。

读汪学群先生著《吾心自有光明月》有感

不朽三得入庙廊，余烟袅袅益神伤。
窥得圣奥殷勤事，一去乾坤草便长。
身后荣光非意嘱，无心祭酒供燃香。
尘蒙锈镜何人拭，燃罢途行竟物忙。

2019.4.27

自勉

网罟阴云苦，天晴振羽霄。

风乎沂舞处，瑟鼓筑蓬飘。

2019.4.25

晨见鸽飞哨鸣

雨过云开山青处，曦晓煦心增翠研。

展翅随情音绕际，箫吹袅袅过西泉。

二十七年同学，来京见有感

榕城来客雨兼兼，半世相别恰少年。

白发垄丘君我见，唏嘘酒后话从前。

见同学

三杯酒入怀，言大顿生惭。

知勇最难事，丹成五味参。

别王磊

相逢雨兼兼，去意正阑珊。

摇手踽踽去，惊惶再见难。

三十今复聚，估了半世宽。

他日追心忆，半滴起鼻酸。

2019.4.21

暮春有感（二首）

一

碧草嗅春色，花开几对红。
丝丝晨夜雨，艳艳醉心融。

二

麻衣吉上运，跃马震江川。
一夜京城雨，花残对暮年。

2019.4.1

自警

途行最怕路中虎，住店悸惊索贿蛇。

恨不借天降龙杵，庙堂饕餮尽摧折。

2019.3.19

读李白诗有感

想见不能见，从冬渡到春。

见时无旧意，情浅或悲麟。

2019.3.17

春柳

两岸柳知春，鹅黄锦上云。
窈窕舒展袖，雀悦媚殷勤。

2019.3.6

自修

不惊应是惊，无愧执中求。

念念皆俗子，知诚世上修。

2019.3.4

春·草萌

煦暖微风到，霖生我自狂。
明谦乡愿耻，野旷自悠长。

春夜·画

春日夜清新，梧桐寂寞身。
盈盈楼上景，悒悒树边人。

2019.2.24

示儿·开学

大志须从脚下行，何其阔论效浮萍。

根深叶广麟凰伴，电母雷公造父荧。

2019.2.16

春日书房

风寒窗外树，帘下韵书长。

肆意诗情在，昵春日照堂。

2019.2.14

西方情人节逢春雪京城

帝思瑶母黯伤魂，望向人间尽玉人。
泪落红尘春素雪，双双旖旎羡天神。

2019.2.9

春节酒后（二首）

一

酒醉今宵岁，华春酒醒来。
昔时摇手去，把盏寄梅开。

二

碧波漾漾涤霄寒，千盏华灯庆盛年。
老去蹉跎愁岁月，何妨乐伴酒中仙。

古风·梦境

离离又别离，与君无眉齐。
相去何其远，城东到城西。
秋实约归处，冬寒孤鸦啼。
新春游子路，唏嘘影稽泥。
酒醉助八仙，驭箫到君前。
我伤君意歉，君悲我鬓染。
执手言梱梱，青鸟晓催返。
摇摇誓相望，惊起湿泪远。

2019.1.28

小年有感

寒夜西风起，扁食恰小年。

匆匆君灶去，春到降福前。

2019.1.23

冬雪

如雪霜洁入画图，朝阳腾起海云孤。

新枝含蕊为春意，淡淡莲清点点无。

2019.1.20

大彭乡梓同门南来匆匆而见别有感

苍狗芳华去，南来一璧人。

来兮斜日已，离去月东宸。

彭同学来京

岁末寒冬恰待君，双虾对碰旧思莘。

前时入梦今时事，饱腹摇行又故人。

2019.1.14

腊八粥有感

腊夜年关近，无心侍案文。
八珍非旧味，又起忆严君。

酒后归途

一世京华梦，犹为客家人。
归途魂去往，何处做东宾。

2018年

2018.12.31

承重继往开怀迎来

重门难掩浸霜殷，不胜蜚言彻骨寒。

展翅鲲鹏薄日月，何暇林下嘴争餐。

新来老去流年水，壮志徒增空梦欢。

扫去阴霾春待至，风来敛翼九天翰。

2018.12.27

晨西行

青云西幕南，远黛微微山。

疲弊风寒路，唯涎日日餐。

（今日晨身体乏倦，出门寒冷备至。西行路上，青云压西南，一抹亮色映衬西山轮廓。）

2018.12.22

考研有感

十年战阵疏，币滚谑千竹。
老骥伏坚志，蛇龙锦绣蹙。

（毕业二十二年再进校园考试）

2018.12.7

再回长沙

蒙蒙烟雨冷湘江，岭上金盆米粉香。

二十年来识旧味，捧来娭毑已沧桑。

2018.11.14

忆初中

自我来陆河，三秋风已拂。
年年欲登榜，榜出皆名落。
今年又登临，黄叶铺满所。
远观君子莲，玉立间枯折。
冷风再吹起，雾盖湖协和。
日照穿不透，独桥蒙蒙廓。
落笔迹丝细，中墨尽蹉跎。
三更仍未睡，灯对泪成列。

（添添写）

2018.11.8

漂泊

袅袅青烟西向垂，几番酸楚欲言欷。

时光半世应难见，荏苒孙儿冀冀归。

2018.10.27

霜降夜行

霜天明月夜，踏步绕园行。
气动身逐影，心沉意正平。

病初愈晨起

昨夜星辰昨夜风，百花零落碎西东。
推窗冷面疏篱影，枝丫纤纤尽悴中。

2018.10.17

重阳

一岁一重阳，花红岁岁黄。

叶孤枝俏顶，冉冉待秋霜。

2018.10.9

问大人（二首）

一

月满清辉幽夜长，半侵空榻半寒凉。
水凝深处玄孤影，自语廊荫待晓阳。

二

秋深寒露至，瑟瑟蛩鸣时。
不见伊人影，恨焦风使迟。

2018.9.21

早行

风迎行早客，曲臂衣生寒。
忽忆秋分至，夏将怯暮残。

2018.9.2

忆年

春早鸡鸣迟，夏耕月挂西。

秋来风雨至，岁岁皆成泥。

2018.8.31

中年有感

不惑当年志，痴痴半世缘。

米折随挂角，化倚六经天。

2018.8.25

听窗外曲有感（新韵）

谁家金曲暗飞声，涟漪声声思旧情。
饕餮饭罢飞阊右，耳声母怨何痴仍。
凳排危坐盼歌起，扬乐嘘声细细听。
腔港怪咖疑作态，霸屏空巷迹无行。
夜深归去星应月，月影婆娑迷踪乘。
床卧被蹬拳乱舞，梦中打怪峰上峰。
晨奔学校遥呼伴，角落齐争哪式鸣。
赤耳音高得未论，铃声促促课中萦。
昔时快乐何复再，心敛驰车路曲程。
万里奔波双鬓染，半生碌碌愧宗庭。
与儿曾语义侠梦，儿警现实胜幻形。
娓娓雄言深细辩，横压句句我侪惊。

人小捭阖六合事，无意已摩四海城。

前浪何忧浊故物，后生可畏西风停。

（不知谁家传来儿时电视剧《霍元甲》的主题曲《万里长城永不倒》。想，曾与儿言自身旧时趣事，又忆昨日听其论世事。）

2018.8.17

七夕

长记清秋望，不识云月中。
问君何日到，恍恍信伊空。

2018.6.17

滨湖赋

滨湖鉴影，云卷徘徊。

簇簇行者，钓翁散仙。

天高地阔，菊野自怜。

阑珊信步，心已了然。

2018.4.30

同学来京聚

时光追斯，青春无觅。
忆昔常临，相聚之去。
如歌行板，似呓缱绻。
湘水麓山，绰约不散。
北地南天，海日孤烟。
踽踽星移，唯生唯计。
回首月悬，动意生蔓。
夏鸟呼伴，心萌电联。
偶来小聚，觥筹豪气。
鬓发已改，旧事难提。
执手相勉，遥招康健。
载月归之，何年初见。
熙攘不器，沧桑难寄。
黄土岭上，莺啼红绿。

2018.4.13

晨

天青曦曙现，一盏对天明。

勤鸟呼佳偶，牢心系远行。

示儿

蒙眼中年字不清，不甘老骥志颓䕫。

倾心瞩目儿功课，他日代翁擐甲征。

2018.4.11

春喜

风来霾去碧空见，吐艳争芳百媚氤。

料峭何言寒惧至，日升渐渐暖香椿。

2018.4.3

清明路上

瑟瑟雨风急。车壅心愈凄。
英灵天地在，寒御送衣稽。

清明思君（二首）

一

春晚京城披绿芽，香浓嫩蕊恣芳叶。
九思无意向远客，何处又怀介子侠。

二

天碧春风煦，百花争满杪。
思君空见幽，天地已皎皎。
更遇日寒食，绵山烟正袅。
黎庶游园闹，伤怀义或杳。

2018.3.21

春雪（二首）

一

盛事春来天地动，京城飞雪应人时。
四荒闲瞰风云涌，一隅茗香花雨期。

二

春来二月龙抬头，瑞雪苏苏润似油。
天佑华夏帆正起，向风一路共相筹。

（3月17日两会选举，恰逢春雪，京城有感。）

怨

一别三十日，日日说归时。
月尽归时至，又言明可期。

（师兄为保证媒体网络在两会期间的正常，连续加班二十余天，感家人不易。）

2018.3.4

二滩水电站山林

山静鸟鸣远，日高林更幽。

花开恣吾意，曲道沐风流。

普洱梅子湖

晨微湖面影，鱼跃惊行人。

叨扰精灵处，揖身明启宸。

2017年

2017.12.25

叹玄龄

君家夙夜谋，难顾家齐筹。

罗雀衔阶草，贤名难与侔。

叹教子难

孜孜谋国世称贤，茔墓芜青门内谗。

三庙榱倾惭疚冷，尸来庭训恸风喃。

（公元648年房玄龄去世，公元653年房遗爱被处斩，房遗直被贬春州，罢玄龄配飨。叹以身谋国难，伤教子难上难。）

2017.12.24

叹华年

今岁又增老，与谁同此宵。

迢迢行尽处，踽踽影相摇。

2017.12.17

观马图

骓影下苍嶙，奕奕绝与尘。

吟啸动魂魄，五色疑景纯。

（观韩干、李公麟、赵孟頫、任仁发、郎世宁、徐悲鸿骏马图。）

2017.12.15

悼·纪念余光中先生

久客思乡闾，殷殷两世牵。

首丘呼杜宇，波荡到宁眠。

2017.12.3

窗外鸟

庭寂萧萧树，檐栖瑟瑟鸟。
饥啾寒彻乞，窗断两相晓。
与米集惊飞，迟迟盘旋藐。
诀然啄尽去，随目悒杳杳。

无题

风戾寒心意，枝残月更凄。
箫凰曲尚在，雁信待迟迟。

2017.11.29

感儿寄语

我家小儿十三四，不好学习爱游戏。

每每成绩山车过，倏伏惊母又拭眦。

去年名落二分外，自此硝烟斗室帜。

言大后来必居上，双亲勿躁何心悸。

飚升气血怒升火，难掩音高相与刺。

三害当除自为首，回头浪子金不易。

雀食啁谑三尺远，鲲举被惑九天恣。

必奋龙门锦鳞跃，潮头男儿遏舟莅。

声声并茂堂泪悲，曲曲寸官生涟漪。

知耻当勇去王者，渐敛心意正归师。

伎痒偶来盼周季，玩兴不似疏渐离。

书学专注日书机，期半待榜神无依。

进阶网传五六位，入年二分舒展眉。
厨房母缓悄叹息，轻步买酒余咂滋。
暗祷三教佑竖子，长志莫疑三万里。
皆诉读书苦中苦，他时涩苦知昨否。
又求腾讯裁自早，贪利荼苗道皆耻。
四时丰裕春耕起，岂贷误国失元耜。
祈罢窥子灯前值，驱情忘身不肩息。
无儿不晓双亲悦，有儿悟明赍恐慝。
迁邻断机舞勺霓，无求哺跪唯自齐。
嘱妇烹食当随口，宜早腊时待考题。

（儿期中考试提升了56名，是年级进步最大，甚慰。）

空城诀

新城荒野筑，燕雀幸巢临。
怀臆羁人影，来居相与亲。

2017.11.3

碎

掺水为泥，抟泥做器。
高温灼炙，出炉成具。
假与人手，佳肴增蓄。
色味同列，净洁如熙。
自诩无忧，与主同席。

倾之处地，身裂八七。
弥缝无意，弃之如蔽。
碎滓难悉，指粘血滴。
鞠躬尽瘁，终有竟时。
欲归尘土，与地合栖。

毁不如初，废而下移。

悠悠众口，谁怜吾知。

氤氲餐酒，何人能忆。

空叹不得，罢之罢之。

天明去止，随兮安兮。

2017.11.2

别

日白凝荒塞，雪鸦寂廓鸣。

离人渐去影，迹迹与谁行。

2017.10.29

雍和宫行

惜时钲鼓萧墙内，今而铜钹尽诵声。

唯见游徒听故事，寒鸭烟雾斜俯甍。

2017.10.28

秋日登高

霾开天廓远，节后菊香残。

千里迟相见，蓬仙寄日峦。

2017.10.24

霜降

草木悲秋客，风霜冻山河。
戍边极目处，鹰啸寂天摩。

忆往昔

昔往吹瓶酒，气冲汉牛斗。
青春意气在，潋滟峡中游。
半百凌绝岭，日斜心扁舟。
耆年坐望月，一喟忽与秋。

2017.10.22

默（新韵）

痴痴又痴痴，与君各东西。
相邻三十里，天涯无竟时。
江上良人遇，鹊桥会有期。
道宽风顺路，相会谁可知？
掐指三旬过，寒秋雨兼凄。
去时单衣着，忧怨冷难支。
餐咽不知味，醒来镜中悲。
思君催人老，如水光阴澌。
盛会国人梦，梦兮君途迷。
阿瞒送路引，速返休言迟。

2017.10.8

晨练

仲秋寒露至，晨练几人稀。

凝望尘阴处，唏惜霾到畿。

（今日寒露，国庆长假最后一天，尘起雾霾已至。）

2017.10.2

读《资治通鉴·晋纪九》

风景不殊江汉异，新亭流涕楚囚声。
愀然变色振聋处，隔岸肃杀铁鼓钲。

（众名士登新亭垂泣，王导变得色以厉。）

晨见

氤氲秋已至，风过荡清飔。
雀鸟欢寻籽，啁啾辗转枝。
长衫燕侣着，步挽匆匆离。
短袖鬓苍在，闲庭升日迟。
且看何所动，犬正下廊嬉。

2017.9.27

滇池望西山夕阳

浼浼烟波归晚寂，微微懒怠品茗时。

三分汤色七分意，岁老年华恰允期。

2017.9.22

教师节思父

辗转东阁起，思服念家严。

星辰到明晓，旧事如影悬。

少时诵河岳，瓜下跃山川。

灯映批丹笔，胸容锦绣篇。

熙熙谋家业，碌碌陀螺旋。

旧著三年洗，新衣尘驻先。

翎开乳燕去，意美得空闲。

掸去琴上土，弓开久别弦。

金音初宇绕，惊诧血滴涟。

诊的病潜绊，母诉天公愆。

仙劝休烈怨，胜患非登巅。

所慰一无债，唯惜三尺鞭。

来京几载整，鹤归远玉泉。
弟兄未反哺，郁郁年更年。
盆会梦中见，长跪续亲缘。
儿已杂双鬓，仙尊色若前。
暖流疏摩背，声煦沁心田，
倍冀皆恭母，遂安方丈仙。
家齐竖子好，慈寿笑常连。
唯吾佳节日，幽思寡少眠。
挥手形相影，坐枯灯与牵。
四望寂廖廓，羲和已跃渊。

2017.9.6

秋雨

夜雨随秋入绮帘，衾薄身覆枕轻寒。

无眠幽恨花歇日，青黛晨辉已悄阑。

待

问君归期未有期，晴日说还今雨时。

子夜倾听廊窸窣，窃知楼下旅归迟。

2017.9.5

中元节·路见

冥纸照天地，青烟入九霄。
倏忽风助起，惊惑故人邀。

（中元节夜行路见）

2017.9.3

归京自嘲

秋来香江雨苍苍，北归云下尽霓裳。
纤尘微嗅鼻连嚏，归家神气已入肠。

（习惯了北京雾霾，从外地回来，落地一息，倍儿爽。）

2017.8.23

晨起

晨惊夜阑雨，风飏暑气消。

荡荡云拥卷，习习心寂寥。

2017.8.7

夜练

明月映秋夜，迹行幽暮阴。

风轻枝不应，气喘汗涔涔。

2017.8.6

立秋

暑气未消现秋踪，鸣蝉噪噪恼西风。

四时最恨指间逝，年少途行半碎空。

（明日立秋，一年将尽，已到中年，梦即将尽头。）

2017.8.1

秋声

虫蝉秋声早，清风迫暑消。
窗前苍翠处，悠叹日明凋。

（晨起推窗有感）

2017.7.23

感广西五十岁老男人着女装扮妹哄母开心

娱亲啼笑老莱子，扮妹慰慈异彩衣。

德本乾坤如斯水，风君华夏此璇玑。

义孝

正于直处取，仁自义中求。

天地何为贵，百行孝当头。

2017.7.12

感“一带一路”

西行东渐路，平义竞合开。
夜夜勤民政，殷殷大同来。

2017.7.10

读伍师《东林赋》

北飞南燕三千里，武陵冰城两地情。
飞越楚魂苑囿地，东林胸荡赋已成。
稷宫方寸画开卷，甲子沧桑斗转庚。
曲罢不相当下意，欣逢屈子到今行。

（东北林业大学总会计师伍海泉老师写《东林赋》，颇有古风。）

2017.6.12

金寨旅游新住宿

草堂半亩园，茅舍两三前。

晨灿鸟鸣伴，暮晖蛙跃莲。

吹箫风鹤去，广寒倾野阡。

姑忘尘俗事，静心道自然。

2017.6.4

听小外播放《红楼梦》插曲有感

仲夏未临秋已伤，红楼音绕影茕惶。

惜时花怒尽争艳，何叹四时生短长。

2017.6.1

儿童节天安门观升旗

披星戴月去，晖转沐风肩。

神奕车轻跃，东归难入眠。

耳扬曲熠熠，旗展烈延延。

自此六一后，翩翩皆少年。

（儿子上初一，六一早晨1:45集合去天安门广场观看升国旗。）

2017.5.26

购画有感

一入宝山魂既迷，拾得东隅又惊西。
倦疲无力难遴弃，芳物难饱空肚啼。

2017.5.20

得病有感

病床咳写三千经，尤望成绩一点增。
无力四肢疼两肋，痰多双肺气虚蒸。
卧床无赖思前日，总结行来神枉凝。
我辈力辛须应日，身强扛鼎欲九层。

（儿子病了）

2017.5.14

画

篱笆疏阔风蝶挽，静饮淡茶思往年。

莫叹夕阳成画卷，一人孤影意珊珊。

2017.4.23

无题

三月流汗忙修墙，贴砖台砌美胜妆。
但观墙饰跨桥路，狭窄坑洼满沧桑。
风偶戏来尘漫漫，牛魔恍恍过山冈。
一时云雨潭边过，恰偶灰盘映彩裳。
呼哨车惊及不避，轮开镜碎溅泥浆。
目及无影何人坐，官样两学一做堂。
君问此形何处落，青青万科闷在旁。

2017.4.21

谷雨后

谷雨伤春春已逝，浓情幽处处留香。
千丝无解由他去，玉梦箫吹凤戏凰。

2017.4.12

夜练

月晕微风起，蛙鸣林木荫。

灯斜幽影黯，肥汗瘦期身。

2017.3.31

答孙君

鹏飞南岭二十年，家远思亲珠水边。

寄望归来报期日，梅沙酒聚尔出钱。

2016年

2016.6.26

寄父·十三周年

少久背书坐，言辛贯耳苛。
经风沭雨久，刻骨知途磨。
双燕次归窝，啾声黄口歌。
谁怜云中影，发染念亲颇。
思久迪相见，愔喑人事蹉。
焚书一入梦，醒寂望垂萝。

（祭日，父离开已十三年。）

2016.6.15

伤雨雹

霨雨惊心处，天愁念吾衷。

何当诚赤见，晴日鸟融融。

（雨转雹，想今伤害，身心俱疲。）

2016.6.7

读《春秋公羊传译注》有感

三元王正已纷纷，君子析经恸玉麟。

褒贬微言显大义，难屏名利后人心。

2016.6.6

忆高考

孜孜学业十二年，一跃龙门华绝巅。
抛尽故绢狂放纵，功名睥睨探囊牵。
浑浑四载神离骨，久食氤氲慨路煎。
回望季春留不住，谷中劈棘身曲挛。

（明天高考日，往事历历在目，想生活之艰，不堪回首。）

2016.6.4

思父

芒种时思老父恩，恰逢读罢罗马人。

无常辗转去来处，回望萧春夏渐氤。

2016.5.26

静夜思

月升院中庭，闲坐听蛙鸣。

惜忆半生愧，蹉跎泪双横。

2016.5.25

悼杨绛先生

百年沧桑百年身，除罢污秽化浮尘。

卑微身影真当世，转世贤才会二人。

（今日杨先生去世，享年105岁，想此去与先生、女儿又聚在一起了。）

2016.5.20

感“520”

风绿江南北，花蝶两厢倾。

叹豆蔻时节，谁为谁诗情。

韶华二十载，劳燕几多茕。

嘈嘈稠惊讯，满屏五二声。

红包牵鸿电，惜忆当年英。

花非花昨日，新蝶破茧成。

橘洲水盈汛，岳麓山满菁。

（今日“520”，满屏都是此类信息。）

辞谢·感杨总鼓励

昨日青涩去，今朝隐忍行。

莫言辉煌远，遥望燕山程。

2016.5.19

问归

林深蛙竞鸣，街暗步稀应。

问尔几时至，遥遥子夜灯。

（家人子夜归家，已成常态。今夜锻炼后，坐林边灯下，电话相问，依然如夕。）

2016.5.9

月如钩

斜月钩西角，星云偷浮东。

俯瞰人间笑，鼓震凌霄钟。

（如钩弯月西斜而起，浮云掩映星稀，广场锣鼓喧天。）

相见（二首）

一

执手两相看，笑骂非往身。
酩酊二十载，恣肆话青春。
风流不解意，翔鸟遂零尘。
沧浪朱颜改，粲然俗一人。

二

五月三两日，星沙暮春萋。
廿期离别矣，双鬓染额犁。
杯举情深重，杯空话语稽。
双生酣战夜，相约再重提。

触景（二首）

一

暮春何处去，相聚白沙城。
古树园中老，蝉鸣似旧声。
三球转星处，双影引陈情。
楼角花园夜，耿耿泯勒盟。

二

白沙贵州酒，唆螺湘辣口。
三杯难自禁，一粒湿衫某。

分别（三首）

一

相逢日短别离君，我送君行步履沉。
北去潇湘三千记，难承岳麓四时音。

二

站前拥抱久，折去又回身。
仲夏花蝶恋，何时君共春。

三

同窗春四季，积意二十年。
唯有潇湘水，北归终怅然。

（4月29日至5月2日，毕业二十年再回校园相聚。）

2016.4.10

听朴树《朴树之路》

燕都春暖渐天长，和煦风敲夜未央。
无意暗灯身去处，平凡路曲也悠长。

（夜，斜卧，灯昏，听曲。）

2016.4.8

绝句·感怀

人行身转难，花谢易花开。
纵有相逢日，身心已苍苔。

柳絮飞（二首）

一

京城四月柳花飞，肆意张狂昵愿违。
行客匆匆春恨处，美人难觑掩颊绯。

二

劝君莫怨我张狂，四月京城倏短长。
舞罢惜时春复去，酥酥细雨化泥伤。
承恩新蕊黄雏闹，蝶舞百花始盛香。
尔记何曾飞柳日，来春再起话炎凉。

2016.4.3

清明寒食有感

年年三月放纸鸢，谁解寒食廿苦缘。
蹇塞途中腓胫肉，巍巍宇殿洒金泉。
重名不齿因恩重，恣意绵山荒草湮。
举世文公皆道义，难同浴火母儿贤。

清明祭父

念亲十四载，当此更思焦。
一纸殷殷祭，相约子夜招。
君颜何曾老，儿鬓已霜憔。
言未明星启，再期数日寥。

2016.4.2

清明临近思父

去年此时抚碑前，烟火升腾泪涟涟。

遥祭仙人河汉路，相思入梦话桑田。

2016.3.31

无语·客归

惊宵门外扣，慌问是何人。
嗔怨多年话，不识枕畔春。
赤足急落启，喜簇乐归亲。
辛苦为何累，悄思盼几旬。
叮咛话正起，锦卧鼾时寅。
多呓梦中语，内详再审真。

（夜听门响，惊醒，看时间已是清晨五点，刚下班，有感。）

2016.3.30

自嘲

人过四十天过午，逐年壮志落浮苏。

何妨偶遇约明日，夕落泛舟饮五湖。

2016.3.29

自解

铿锵珠玉剑光寒，心志难酬冰塞巉。

曲罢空空心雨骤，路行何妄挂云帆。

（听“为你读诗”朗诵李白《行路难》）

春日暖阳斜卧花前

闲停春日懒，午后困行迷。

兰沁飘馨嗅，鸟鸣唤偶栖。

清风接碧翠，飞燕衔春泥。

网破悬张角，丝零风漾凄。

足餐忙吐补，辛腹待猎赍。

终南非吾意，磨剑自淇西。

2016.3.26

自嘲·答同学

偷且浮生半日闲，茗香半啜半神仙。
南山菊耨乖其意，果腹黄粱市为田。

（有感同学转发的一篇文章）

2016.3.25

野菊花

微末谁人瞩，信春亦早燃。
知其金阶贵，难入玉堂前。
风浴蟋鸣伴，雨淋日必妍。
稗杂何意竞，时爱自随缘。

2016.3.13

与母行

春风渡斜影，步履送季冬。
人羡相争瘦，情思醉是浓。
老来蹒跚步，幽恨绿相彤。
待到清明雨，抚碑时岁雍。

（阴历二月初五晚，与母亲在小区散步，她落在我后面。回头看，其蹒跚而独行，想清明节将到，遥祭父亲大人，抬眼望斜月如钩，星辉可见。）

2016.2.26

感范仲淹句

双袖清风日月书，公私两罪有中无。

乐忧天下皆存义，殿阙之行也隐湖。

（有感范仲淹“公罪不可无，私罪不可有”。）

2016.2.7

春节意象

岁岁爆竹响，年年人不同。

去年说益寿，当此又言衷。

假短归乡路，双亲桌上融。

三杯不尽醉，半句泪盈瞳。

膝跪敬堂上，儿孙抢彩红。

浪前仆后浪，福瑞神州隆。

2016.2.6

自省

残冬春暖皆功业，往圣金屋话禅经。

眉月弯弯斜挂阙，早行长路看辰星。

2016.1.28

思先贤

弃世耕犁舜王山，北上听音辨忠奸。
延陵季子今何在，悬剑徐丘风已孱。

2016.1.18

仿秦皇

秦皇扫六合，青策入宫辙。
诸子犹言事，雷霆坑士绝。
轻徭翘首企，史叹恨刑烈。
谁怒衣锦者，炬然文脉缺。

2016.1.14

忆

落地无声花已逝，枝头但见雀啾啾。

春来未始怜春色，终了徒伤一老头。

2016.1.10

杂感

万里江山万里念，几番风雨几番寒。
一生彳亍一生志，归去来兮归去难。

（临宋裘万顷诗，今遭凌有感。）

2015年

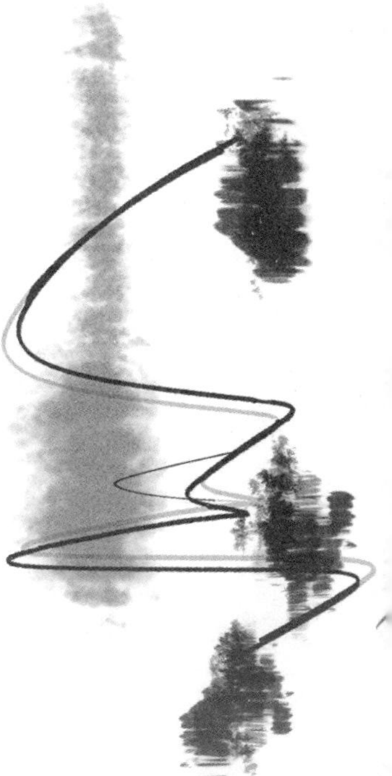

2015.12.30

无题

身负凌云志，泛舟湖月心。

相嫌何恣意，居士一梵音。

2015.12.16

读《孟子》有感孔子之难

衢上茕茕影，栖栖城隅东。
凤兮悲啼去，麒麟世林中。
三圣风流拜，两楹悬梓穹。
回身行踽者，寂寂智深崇。

2015.12.7

观九牛图

紫气相驮出古关，三牲难失祭燎烟。
羊身易以慈君意，持火威威复族传。
闲问气呼民命事，经书挂角诵真篇。
玉成佳偶明月应，下界为魔弃阳乾。
盛世遭逢衔瘦草，春耕饥忍日油煎。
西风猎猎炉中沸，尽瘁骨皮修渺然。
魂去九天复九地，自哀岁炼安登仙。
坚执马面何如此，庭满稍安君正筵。
呜呼！
尘世四风刑正措，紫宫竟逸后庭蠹。
心呼大圣食桃再，举棒颠倒去腐趣。
吾即南山安犁暮。

2015.11.15

体老子与孔子有感

深山学道修心易，尘世任劳受怨难。
林密鸟鸣无碎语，衢芜叨窃可谁观。
疏食苦苦非甘受，哪愿椎心刺骨寒。
自问骑牛然默去，丧家不器两相叹。

2015.10.21

重阳节有感

夜风微雨索重阳，晨旅衣单更薄凉。
犹苦黄花无恋落，登高天界寄悠长。

重阳节思父

岁岁遇重阳，念亲日日常。
微风随纵往，斜雨掩颊旁。
夜梦玄鹤来，言真父已回。
六轮仙骨存，三子谢道尊。
相述遂生志，谆谆切切温。
依依飘渺去，枯坐念遗恩。
俯瞰叶秋落，凄然目极昏。
蓬莱疑惑在，问凉隔东海。

2015.9.30

读《晏子春秋》

辅世三公本四维，犹谗贤圣正臣非。

务实求谨存国事，镜鉴千年可渺微。

2015.6.27

晨·静坐得

清新微雨后，犬嬉人然悠。
林静臆家语，方明士远筹。
诸侯崩礼乐，五色靡郑柔。
名利随身去，丧犬何人羞。

（晨运十公里后，林荫下静坐，冥想读过的《孔子家语》，有感。）

2015.6.9

晨·早醒

两行泪离离，一腔愁凄凄。
长对空帘暮，青丝赋封泥。
晓星念行客，怀与各东西。
彷徨无所适，归卧待鸣啼。

2015.6.5

夜·雨后

雨后见紫微，茕茕对影辉。

欲邀三人舞，重云心与违。

（夜在小区散心，雨后有感。）

2015.5.30

读史有感

抱柱不疑空溺死，左羊双战荆轲辛。
磨刀霍霍儿涎欲，管鲍知交四海臣。
立木辕门阿物得，九州垂统俱荆榛。
史书今见铭王事，伊谁得记庶黎呻。

2015.5.28

晨·潭边坐

未见晨鸟影，唯听晨鸟音。
戏鱼闲坐处，鱼戏一闲人。

2015.5.20

与同学聚

桃径疑何复，乐兮怀故樊。

休问几曾醉，桃仙梦楚媛。

2015.5.18

与同事聚

酒喝三五两，半句道言长。
休诉他乡累，戏猜几杯量。

2015.4.29

有感国学热

古风忽遇世，蜂虿共争晖。
不解妙经义，隔窗头上飞。

梦故园

故园千里距，羁旅二十年。
旧梦乡关到，无语泪莹然。

燕郊烧鸽子·与刘总闲聊

鸽肉红泥烧，酸梅倾与聊。
迟来迎故友，欢尽到中宵。

2015.4.12

与母游李坑

晴空飞鸟过，流水戏鱼前。
览趣嘻哈去，道生机与禅。

（陪母游李坑，溪中农人洗菜、小鱼相戏，互不相扰，唯我游人乐而优游。）

2015.4.11

游乌镇有感

夜阑息静自观心，妄念多惭误盛春。

欲舍色身随愿去，灯辉映手尽浮尘。

自勉·示儿

宽容家和睦，节俭用资足。

开口言来易，行之窘中路。

2014年

2014.2.12

读《唐史演义》

李唐开业三百载，承上下行帝阙台。
奢欲兵革烽火事，徒留李杜后人哀。

2014.1.31

读《南北史演义》

惊心动魄二百年，阅罢合书心惨然。

名利六朝成旧事，今朝熙攘未曾迁。

2013年

2013.6.17

题醉翁亭（二首）

一

庐陵太守醉云仙，长叹千年宦海间。
山水自娱忧患寄，为官悠哉眼前闲。

二

了了宦情且睡亭，与朋相忘醉惺惺。
寄情山水菱溪恋，何必忧君立锦屏。

题二贤堂（二首）

一

半日偷闲半日忙，循声百拜二贤堂。
醒心亭下人皆去，汩汩泉来月共煌。

二

植梅寓许曹，日日伴云霄。
何故佳期误，怜花对影韶。

题让泉

琅琊翘楚翼然亭，长伴让泉有令名。
今世唯识清冽酒，何人得践古风行。

2013.2.3

小年·雪

小年迎雪来，浅酌酒冷杯。
不赴黄粱梦，痴痴亭前梅。

2013.1.28

有感循吏清流之辩

移山筑畚红旗水，耻笑愚公智叟声。

宜做循吏经济世，不学清流负空名。

2012年

2012.9.3

登高思乡

极目西山处，风微暑气消。
凝神思万里，故里叶已飘。

2012.8.5

午后街边所见

正阳潭水映街衢，雀鸟寻餐间桌茹。

添水茶浓香袅袅，过窗妍影目随诸。

2012.6.17

父亲节·神九飞天

神九抚苍穹，江河欢聚烈。
我偏独一隅，遥祝凯旋别。
托帝前宵梦，三人父隐切。
恐惊天际荒，杳杳星辰穴。
银汉仙人厝，大隐何联挈。
觅得安人在，福寿众得悦。
金映繁星殿，巨石擎宫辍。
玉兔前阶走，E T忙引辙。
琼浆吸紫露，馈遗三锦结。
一锦言予我，莫思当勉哲。
二笺金点术，秋景谷采撷。
三帛航天技，神十九重绝。

他日客归来，万千同饕餮。

沉沉期许多，十年再砺锲。

高搭阊阖梯，天地不可诀。

举杯桑梓酒，惬饮游溟彻。

2012.5.18

公园舞剑有感

清风拥翠柳，飞絮舞京城。

六载江湖事，一息皆忘情。

神凝眉剑竖，尘落气锋横。

长啸摩云顶，远山杳杳行。

2012.4.26

梦父

音容久已别，梦来慰相悦。

挑灯向声寻，倾耳依门噎。

2012.4.20

会议室内争论

春光熠熠满云楼，室内嘈嘈争不休。

聊赖无端长久坐，神飞帘外雀相啾。

图书在版编目（CIP）数据

思齐学步集 / 房家慧著. -- 北京：作家出版社，2023. 2
ISBN 978-7-5212-1809-1

Ⅰ. ①思… Ⅱ. ①房… Ⅲ. ①诗集 - 中国 -当代
Ⅳ. ①I227

中国版本图书馆CIP数据核字（2022）第030937号

思齐学步集

作　　者： 房家慧
责任编辑： 丁文梅
特约策划： 曾高飞
装帧设计： 意匠文化 · 丁奔亮
出版发行： 作家出版社有限公司
社　　址： 北京农展馆南里10号　　**邮　　编：** 100125
电话传真： 86-10-65067186（发行中心及邮购部）
86-10-65004079（总编室）
E-mail:zuojia@zuojia.net.cn
http://www.zuojiachubanshe.com
印　　刷： 三河市北燕印装有限公司
成品尺寸： 142×210
字　　数： 100千
印　　张： 14.5
版　　次： 2023年2月第1版
印　　次： 2023年2月第1次印刷
ISBN　978-7-5212-1809-1
定　　价： 52. 00元
